U0065979

全新開始學日語文法

JAPANESE GRAMMAR FOR EVERYONE

隨身文法複習手冊

01 認識名詞

主書 P.20-28

敬體說法

 照著做就對了

01.MP3

我是學生。	私は学生です。
這個人是韓國人。	この人は韓国人です。

▶ 今天是星期一。 ／ ▶ 今日は月曜日です。
▶ 那個人是日本人。 ／ ▶ あの人は日本人です。
▶ 車站是在那裡。 ／ ▶ 駅はあそこです。

父親不是公司職員。	父は会社員じゃありません。
明天不是星期日。	明日は日曜日ではありません。

▶ 那個人不是中國人。 ／ ▶ その人は中国人じゃありません。／その人は中国人ではありません。
▶ 教科書不是這本書。 ／ ▶ 教科書はこの本じゃありません。／教科書はこの本ではありません。
▶ 郵局不是在那裡。 ／ ▶ 郵便局はそこじゃありません。／郵便局はそこではありません。

老師是位日本人。	先生は日本の方でした。
母親是位銀行員。	母は銀行員でした。

▶ 昨天是假日。 ／ ▶ 昨日は休みでした。
▶ 這裡是電影院。（過去式） ／ ▶ ここは映画館でした。
▶ 這個包包是1000日元。（過去式） ／ ▶ このかばんは千円でした。

這個不是糖。	これは砂糖じゃありませんでした。
兩人不是兄弟。	二人は兄弟ではありませんでした。

▶ 那個人不是外國人。（否定形過去式） ／ ▶ あの人は外国人じゃありませんでした。／あの人は外国人ではありませんでした。
▶ 那位不是田中先生。（否定形過去式） ／ ▶ その方は田中さんじゃありませんでした。／その方は田中さんではありませんでした。

▶ 約定不是在四點。 （否定形過去式）	▶ 約束は4時じゃありませんでした。 約束は4時ではありませんでした。

常體說法

 照著做就對了

今天下雨（今天是雨天）。 考試在下禮拜。	今日は雨だ。 試験は来週だ。
▶ 學校是在那裡。 ▶ 那是謊話。 ▶ 那個人是醫生。	▶ 学校はあそこだ。 ▶ それは嘘だ。 ▶ その人は医者だ。

姊姊不是護理師。 那裡不是銀行。	姉は看護師じゃない。 そこは銀行ではない。
▶ 丈夫不是上班族。	▶ 主人はサラリーマンじゃない。 主人はサラリーマンではない。
▶ 鈴木先生不是社長。	▶ 鈴木さんは社長じゃない。 鈴木さんは社長ではない。
▶ 這個不是作業。	▶ これは宿題じゃない。 これは宿題ではない。

禮物是花。 早餐是三明治。	プレゼントは花だった。 朝食はサンドイッチだった。
▶ 妻子是公務員。（過去式） ▶ 生日是在前天。（過去式） ▶ 那個人是留學生。（過去式）	▶ 妻は公務員だった。 ▶ 誕生日は一昨日だった。 ▶ その人は留学生だった。

那不是夢。 克麗奧佩托拉（埃及豔后）不是美人。	それは夢じゃなかった。 クレオパトラは美人ではなかった。
▶ 那孩子不是男孩子。 （否定形過去式）	▶ その子は男の子じゃなかった。 その子は男の子ではなかった。
▶ 演唱會不是在今天晚上。 （否定形過去式）	▶ コンサートは今晩じゃなかった。 コンサートは今晩ではなかった。

3

▶ 那裡不是高中。
　（否定形過去式）

▶ そこは高校じゃなかった。
　そこは高校ではなかった。

02 認識形容動詞

主書 P.29-38

敬體說法

照著做就對了

02.MP3

親切的人。
不是柔和的形象。

親切な人でした。
ソフトなイメージじゃありません。

▶ 充滿活力的人。
▶ 乾淨的水。
▶ 熱情的學生。

▶ 元気な人です。
▶ きれいな水です。
▶ 熱心な生徒です。

孩子總是有活力的。
警察是親切的。

子供はいつも元気です。
警官は親切です。

▶ 那位學生是誠實的。
▶ 家人是重要的。
▶ 這塊玻璃是堅固的。

▶ その学生はまじめです。
▶ 家族は大切です。
▶ このガラスは丈夫です。

不喜歡酒。
不需要護照。

お酒は好きじゃありません。
パスポートは必要ではありません。

▶ 不討厭讀書。

▶ 妹妹不是漂亮的。

▶ 那件事是不輕鬆的。

▶ 勉強は嫌いじゃありません。
　勉強は嫌いではありません。
▶ 妹はきれいじゃありません。
　妹はきれいではありません。
▶ その仕事は楽じゃありません。
　その仕事は楽ではありません。

慶典很熱鬧。
那個人很拼命。

お祭りは賑やかでした。
その人は一生懸命でした。

▶ 那間飯店是方便的。（過去式）

▶ そのホテルは便利でした。

▶ 寺廟是安靜的。（過去式） ▶ お寺は静かでした。
▶ 這個旅行用背包是不方便的。 ▶ このスーツケースは不便でした。
 （過去式）

那間店不有名。 その店は有名じゃありませんでした。
英文不太好。 英語は上手ではありませんでした。

▶ 這道料理不簡單。 ▶ この料理は簡単じゃありませんでした。
 （否定形過去式） この料理は簡単ではありませんでした。
▶ 練習不累。（否定形過去式） ▶ 練習は大変じゃありませんでした。
 練習は大変ではありませんでした。
▶ 星期六不悠閒。（否定形過去式） ▶ 土曜日は暇じゃありませんでした。
 土曜日は暇ではありませんでした。

常體說法

 照著做就對了

打招呼是重要的。 挨拶は大事だ。
晚上外出是危險的。 夜の外出は危険だ。

▶ 這衣服是奇怪的。 ▶ この服は変だ。
▶ 那根電線桿是礙事的。 ▶ その電柱は邪魔だ。
▶ 嘮叨是困擾的。 ▶ おしゃべりは迷惑だ。

國民不是笨蛋。 国民はバカじゃない。
那個國家不是安全的。 その国は安全ではない。

▶ 聖誕節不是期盼的。 ▶ クリスマスは楽しみじゃない。
 クリスマスは楽しみではない。
▶ 出差是不討厭的。 ▶ 出張は嫌じゃない。
 出張は嫌ではない。
▶ 日語是不生疏的。 ▶ 日本語は下手じゃない。
 日本語は下手ではない。

那起事件是複雜的。 その事件は複雑だった。
部長的訪韓是突如其來的。 部長の来韓は急だった。

▶ 那個人是優秀的。（過去式） ▶ その人は立派だった。

▶ 手術是失敗的。（過去式） ▶ 手術は駄目だった。
▶ 教科書是適當的。（過去式） ▶ 教科書は適当だった。

飯量不是充足的。 食事の量は十分じゃなかった。
那朵玫瑰花並不特別。 そのバラは特別ではなかった。

▶ 那位女子不是幸福的。 ▶ 彼女は幸せじゃなかった。
　（否定形過去式） 　彼女は幸せではなかった。
▶ 傷口不是無所謂的。 ▶ 怪我は大丈夫じゃなかった。
　（否定形過去式） 　怪我は大丈夫ではなかった。
▶ 那個人的說明是不細心的。 ▶ その人の説明は丁寧じゃなかった。
　（否定形過去式） 　その人の説明は丁寧ではなかった。

03 認識形容詞 – 形容詞

主書 P.39-48

敬體說法

 照著做就對了

03.MP3

這個是新的鞋子。 これは新しい靴です。
那個是舊的郵票。 それは古い切手でした。

▶ 是熱咖啡。 ▶ 熱いコーヒーです。
▶ 是冰涼飲料。 ▶ 冷たいジュースです。
▶ 是溫的水。 ▶ ぬるいお湯です。

夏天是熱的。 夏は暑いです。
冬天是冷的。 冬は寒いです。

▶ 春天溫暖。 ▶ 春は暖かいです。
▶ 秋天涼爽。 ▶ 秋は涼しいです。
▶ 這字典是厚的。 ▶ この辞書は厚いです。

那本筆記本不是薄的。 そのノートは薄くないです。
我的家不是大的。 私のうちは大きくありません。

▶ 我的車不小。 ▶ 私の車は小さくないです。
　 　私の車は小さくありません。

▶ 教室不明亮。

▶ 圖書館不昏暗。

▶ 漢字是不容易的。

▶ 教室は明るくないです。
　教室は明るくありません。

▶ 図書館は暗くないです。
　図書館は暗くありません。

▶ 漢字は易しくないです。
　漢字は易しくありません。

考試是困難的。
客人是多的。

テストは難しかったです。
お客さんは多かったです。

▶ 朋友少。（過去式）
▶ 這個行李重。（過去式）
▶ 那件外套薄。（過去式）
▶ 美國是遠的。（過去式）

▶ 友達は少なかったです。
▶ この荷物は重かったです。
▶ その上着は軽かったです。
▶ アメリカは遠かったです。

土耳其不是近的。
那家院子不是寬敞的。

トルコは近くなかったです。
そのうちの庭は広くありませんでした。

▶ 我的房間不狹窄。
　（否定形過去式）
▶ 那支雨傘不貴。（否定形過去式）

▶ 那條圍巾不便宜。
　（否定形過去式）
▶ 富士山不低。（否定形過去式）

▶ 私の部屋は狭くなかったです。
　私の部屋は狭くありませんでした。
▶ この傘は高くなかったです。
　この傘は高くありませんでした。

▶ そのスカーフは安くなかったです。
　そのスカーフは安くありませんでした。
▶ 富士山は低くなかったです。
　富士山は低くありませんでした。

這張椅子是好的。
書桌不是好的。
那張畫是好的。
音樂不是好的。

この椅子はいいです。
机はよくないです。
その絵はよかったです。
音楽はよくなかったです。

▶ 那件外衣是好的。
▶ 我的車是不好的。
▶ 那本字典是好的。（過去式）
▶ 新鞋子是不好的。
　（否定形過去式）

▶ この上着はいいです。
▶ 私の車はよくないです。
▶ その辞書はよかったです。
▶ 新しい靴はよくなかったです。

常體說法

 照著做就對了

這小說是有趣的。	この小説は面白い。
老師開的玩笑是無趣的。	先生の冗談はつまらない。

▶ 那位選手是強的。 　　　　　　▶ その選手は強い。
▶ 那隊是弱的。 　　　　　　　　▶ そのチームは弱い。
▶ 這個月是忙碌的。 　　　　　　▶ 今月は忙しい。

人生是不長的。	人生は長くない。
暑假是不短的。	夏休みは短くない。

▶ 哥哥的手臂是不粗的。 　　　　▶ 兄の腕は太くない。
▶ 女朋友的腿是不細的。 　　　　▶ 彼女の足は細くない。
▶ 我父親是不年輕的。 　　　　　▶ 私の父は若くない。

那位投手的直球是快的。	そのピッチャーのストレートは速かった。
網路速度是慢的。	インターネットのスピードが遅かった。

▶ 海外旅行是愉快的。（過去式）　▶ 海外旅行は楽しかった。
▶ 打針是痛的。（過去式）　　　　▶ 注射は痛かった。
▶ 那隻狗是可愛的。（過去式）　　▶ その犬はかわいかった。

那塊蛋糕不是甜的。	そのケーキは甘くなかった。
日本料理不是辣的。	日本料理は辛くなかった。

▶ 奶奶的咖哩是不好吃的。　　　　▶ 祖母のカレーはおいしくなかった。
　（否定形過去式）
▶ 昨天的晚餐是不難吃的。　　　　▶ 昨日の晩御飯はまずくなかった。
　（否定形過去式）
▶ 味道是不差的。　　　　　　　　▶ 味は悪くなかった。
　（否定形過去式）

04 認識動詞－一段動詞

主書 P.49-56

敬體說法

照著做就對了

04.MP3

看電影。	映画を見ます。
吃早餐。	朝御飯を食べます。

▶ 穿和服。　　　　　　　　　▶ 着物を着ます。
▶ 開窗戶。　　　　　　　　　▶ 窓を開けます。
▶ 關門。　　　　　　　　　　▶ ドアを閉めます。

不借車。	車を借りません。
不開燈。	電気をつりません。

▶ 不打電話。　　　　　　　　▶ 電話をかけません。
▶ 不秀出答案。　　　　　　　▶ 答えを見せません。
▶ 沒繫皮帶。　　　　　　　　▶ ベルトを締めません。

淋了浴。	シャワーを浴びました。
教了韓語。	韓国語を教えました。

▶ 背了名字。　　　　　　　　▶ 名前を覚えました。
▶ 忘了電話號碼。　　　　　　▶ 電話番号を忘れました。
▶ 整齊地擺放了盤子。　　　　▶ お皿を並べました。

不放鹽。（過去式）	塩を入れませんでした。
電子郵件地址不變。（過去式）	メールアドレスを変えませんでした。

▶ 沒丟垃圾。（過大式）　　　▶ ごみを捨てませんでした。
▶ 沒開始學德語。（過去式）　▶ ドイツ語の勉強を始めませんでした。
▶ 沒召集人。（過去式）　　　▶ 人を集めませんでした。

常體說法

 照著做就對了

查閱航班時刻。	飛行機の時間を調べる。
種樹。	木を植える。
▶ 蓋房子。	▶ 家を建てる。
▶ 醃泡菜。	▶ キムチを漬ける。
▶ 戴眼鏡。	▶ 眼鏡をかける。

價格不上漲。	値段を上げない。
成本不下降。	コストを下げない。
▶ 不辭掉公司（工作）。	▶ 会社を辞めない。
▶ 不整理房間。	▶ 部屋を片付けない。
▶ 不欺負同學。	▶ クラスメートをいじめない。

發現了以前的日記。	昔の日記を見付けた。
換了燈泡。	電球を取り替えた。
▶ 決定結婚了。	▶ 結婚を決めた。
▶ 抓到小偷了。	▶ 泥棒を捕まえた。
▶ 送來了遺失物。	▶ 忘れ物を届けた。

不繼續運動了。	運動を続けなかった。
不參加考試了。	試験を受けなかった。
▶ 不稱讚學生了。	▶ 学生を褒めなかった。
▶ 不停下車了。	▶ 車を止めなかった。
▶ 沒搞錯路了。	▶ 道を間違えなかった。

05 認識動詞 − 五段動詞　　　　　主書 P.57-68

敬體說法

照著做就對了

05.MP3

| 寫電子郵件。 | メールを書きます。 |
| 喝茶。 | お茶を飲みます。 |

▶ 買鉛筆。　　　　　　　▶ 鉛筆を買います。
▶ 寄信。　　　　　　　　▶ 手紙を送ります。
▶ 關火。　　　　　　　　▶ 火を消します。

不認識那個人。　　　　　その人を知りません。
不去學校（不去上學）。　　学校を休みません。

▶ 不抽菸。　　　　　　　▶ たばこを吸いません。
▶ 不脫外套。　　　　　　▶ コートを脱ぎません。
▶ 不閱讀報紙。　　　　　▶ 新聞を読みません。

拍了照片。　　　　　　　写真を撮りました。
出借了雜誌。　　　　　　雑誌を貸しました。

▶ 等弟弟了。　　　　　　▶ 弟を待ちました。
▶ 學網球了。　　　　　　▶ テニスを習いました。
▶ 還錢了。　　　　　　　▶ お金を返しました。

不唱歌了。　　　　　　　歌を歌いませんでした。
不叫那個朋友了。　　　　その友達を呼びませんでした。

▶ 不聽廣播了。　　　　　▶ ラジオを聞きませんでした。
▶ 不刷牙了。　　　　　　▶ 歯を磨きませんでした。
▶ 沒弄丟錢包了。　　　　▶ 財布を無くしませんでした。

11

常體說法

 照著做就對了

| 吃藥（喝藥）。 | 薬を飲む。 |
| 買麵包。 | パンを買う。 |

▶ 關燈。 ▶ 電気を消す。
▶ 沒去上課。 ▶ 授業を休む。
▶ 脫襪子。 ▶ 靴下を脱ぐ。

不看說明書。 説明書を読まない。
不拍影片。 ビデオを撮らない。

▶ 不借原子筆。 ▶ ボールペンを貸さない。
▶ 不等男（女）朋友。 ▶ 恋人を待たない。
▶ 不期待入學。 ▶ 入学を喜ばない。

聽了古典音樂。 クラシックを聞いた。
脫了褲子。 ズボンを脱いだ。

▶ 彈了鋼琴。 ▶ ピアノを弾いた。
▶ 穿了拖鞋。 ▶ スリッパを履いた。
▶ 聞了味道。 ▶ においをかいだ。

買了花瓶。 花瓶を買った。
寄了明信片。 葉書を送った。

▶ 拿了行李。 ▶ 荷物を持った。
▶ 洗了手。 ▶ 手を洗った。
▶ 賣了房子。 ▶ 家を売った。

不去上班了。 会社を休んだ。
讀了書。 本を読んだ。

▶ 託人打掃了。 ▶ 掃除を頼んだ。
▶ 踩到腳了。 ▶ 足を踏んだ。
▶ 挑選菜單了。 ▶ メニューを選んだ。

出借了鋼筆。　　　　　万年筆を貸した。
還了字典。　　　　　　辞書を返した。

▶ 弄丟護照了　　　　▶ パスポートを無くした。
▶ 按了按鈕。　　　　▶ ボタンを押した。
▶ 撐了傘。　　　　　▶ 傘をさした。

不拉小提琴了。　　　　バイオリンを弾かなかった。
不洗腳了。　　　　　　足を洗わなかった。

▶ 不賣車了。　　　　▶ 自動車を売らなかった。
▶ 不期待玩遊戲了。　▶ ゲームを楽しまなかった。
▶ 不感興趣了。　　　▶ 興味を持たなかった。

明年去日本。　　　　　来年、日本に行く。
去年去了歐洲。　　　　去年、ヨーロッパに行った。
那裡有加油站。　　　　あそこにガソリンスタンドがある。
那裡沒有廁所。　　　　そこにお手洗いが無かった。

06 認識動詞 – 不規則動詞　　　　　　主書 P.69-76

敬體說法

照著做就對了

06.MP3

課長後天來。　　　　　明後日、課長が来ます。
備課。　　　　　　　　講義の準備をします。

▶ 阿姨來。　　　　　▶ おばが来ます。
▶ 競爭。　　　　　　▶ 競争をします。

表哥不來。　　　　　　いとこは来ません。
不回答。　　　　　　　返事をしません。

▶ 姨丈不來。　　　　▶ おじは来ません。
▶ 不打架。　　　　　▶ けんかをしません。

朋友的母親來了。	友達のお母さんが来ました。
洗衣服了。	洗濯をしました。
▶ 朋友的父親來了。	▶ 友達のお父さんが来ました。
▶ 做社會科學研究了。	▶ 社会科学の研究をしました。
老師的奶奶沒來了。	先生のおばあさんは来ませんでした。
不開車了。	車の運転をしませんでした。
▶ 老師的爺爺不來了。	▶ 先生のおじいさんは来ませんでした。
▶ 不介紹了。	▶ 案内をしませんでした。

常體說法

照著做就對了

社長的哥哥下一週來。	来週、社長のお兄さんが来る。
每天散步。	毎日、散歩をする。
▶ 部長的姊姊來。	▶ 部長のお姉さんが来る。
▶ 提問。	▶ 質問をする。
課長的伯母不來。	課長のおばさんは来ない。
不觀賞煙火。	花火見物をしない。
▶ 櫻井先生的姨丈不來。	▶ 桜井さんのおじさんは来ない。
▶ 不寄宿。	▶ 下宿をしない。
鄰居家的妻子來了。	隣の奥さんが来た。
得到了很好的經驗。	いい経験をした。
▶ 警察伯伯來了。	▶ お巡りさんが来た。
▶ 失敗了。	▶ 失敗をした。
後排鄰居家的丈夫沒來了。	裏のご主人は来なかった。
沒準備飯菜了。	食事の支度をしなかった。

▶ 父母親沒來了。

▶ 両親は来なかった。

▶ 不做自我介紹了。

▶ 自己紹介をしなかった。

07 五段動詞在a段音上的變化 – 否定形

主書 P.78-80

07.MP3

照著做就對了

那個人完全不笑。	その人は全然笑わない。
一個位子也沒空著。	席が一つも空かない。
那個杯子不會破。	このコップは割れない。
這雙襪子很保暖（腳不會冷）。	この靴下は足が冷えない。
哥哥不來。	兄は来ない。
不邀請那個朋友。	その友達は招待しない。

▶ 這隻鳥不飛。

▶ この鳥は飛ばない。

▶ 不買昂貴的東西。

▶ 高い物を買わない。

▶ 下午沒有約。

▶ 午後、約束がない。

▶ 這支鉛筆不會弄髒手。

▶ この鉛筆は手が汚れない。

▶ 表哥沒來。

▶ いとこが来ない。

▶ 這個星期日不工作。

▶ 今度の日曜日は仕事をしない。

挑戰長文

今日、デパートでとても小さな、かわいい金魚を見付けた。でも、その金魚は全然動かなかった。プラスチック製の金魚だった。餌も要らない。水も汚れない。楽な金魚だ。3匹で525円だった。高くもない。

08 五段動詞在 a 段音上的變化 – 使役形

主書 P.81-86

08.MP3

照著做就對了

| 使…喝了威士忌。 | ウイスキーを飲ませました。 |
| 使…教了數學。 | 数学を教えさせた。 |

▶ 讓內人工作了。

▶ 家内を働かせました。

▶ 使…穿了衣服。

▶ 服を着させました。

▶ 讓司機過來了。　　　　　　▶ 運転手を来させました。

▶ 讓這張地圖被影印了。　　　▶ この地図をコピーさせました。
　（影印了這張地圖）

弟弟去了超市。　　　　　　　弟はスーパーに行きました。

→ 我叫弟弟去了超市。　　　　→ 僕は弟をスーパーに行かせました。

女兒跟男朋友分手了。　　　　娘は彼氏と別れた。

→ 我讓女兒跟男朋友分手了。　→ 私は娘を彼氏と別れさせた。

▶ 那位歌手讓粉絲開心了。　　▶ その歌手はファンを喜ばせた。

▶ 永井先生讓孩子出門了。　　▶ 永井さんは子供を出掛けさせた。

▶ 部長讓公司的人來家裡了。　▶ 部長は会社の人をうちに来させた。

我學了柔道。　　　　　　　　僕は柔道を習いました。

→ 爸爸讓我學了柔道。　　　　→ 父は僕に柔道を習わせました。

學生查了漢字的意思。　　　　生徒は漢字の意味を調べた。

→ 老師讓學生查了漢字的意思。→ 先生は生徒に漢字の意味を調べさせた。

▶ 那前輩叫後輩撿球了。　　　▶ その先輩は後輩にボールを拾わせました。

▶ 奶奶讓小孩問了路。　　　　▶ おばあさんは子供に道を尋ねさせました。

▶ 爺爺讓孫子開了車。　　　　▶ おじいさんは孫に車を運転させました。

那顆蘋果讓白雪公主睡著了。　そのりんごは白雪姫を眠らせました。

那款遊戲讓遊戲粉絲感到開心。その ゲームの発売はゲームファンを喜ばせた。

母親讓那朵花盛開了。　　　　母はその花をきれいに咲かせました。

他讓車子跑起來了　　　　　　彼は車を走らせた。
（他開起那台車來了）。

 挑戰長文

私は高校でテニスクラブのメンバーでした。テニスクラブでは先輩と後輩の関係が難しかったです。先輩は後輩にいつもボールを拾わせました。日曜日は、先輩は後輩にお弁当を準備させました。でも、それも昔の話です。最近は後輩にそんな事をさせる先輩はいません。

09 五段動詞在a段音上的變化 － 被動形

主書 P.87-93

09.MP3

照著做就對了

我被狗咬了。	私は犬に噛まれました。
那孩子被老師罵了。	その子は先生に叱られた。
老師責罵了那個孩子。	先生はその子を叱った。

▶ 我被母親稱讚了。　　　　　　▶ 私は母に褒められました。
▶ 大島先生被社長叫去了。　　　▶ 大島さんは社長に呼ばれました。
▶ 我被父親提醒了。　　　　　　▶ 僕は父に注意されました。

我的錢包被扒手扒走了。	私はすりに財布を盗まれました。
我在電車內被旁邊的人踩到腳了。	私は電車の中で隣の人に足を踏まれた。

▶ 我的相機被弟弟弄壞了。　　　▶ 私は弟にカメラを壊された。
▶ 我考試的成績被妹妹看到了。　▶ 私は妹にテストの点を見られた。
▶ 我的手提包被老師檢查了。　　▶ 僕は先生にかばんの中をチェックされた。

（我）因為女朋友哭了而感到困擾。	僕は彼女に泣かれました。
因為朋友待到了12點而感到困擾。	12時まで友達にいられた。

▶ 被雨淋了。　　　　　　　　　▶ 雨に降られました。
▶ 被壞人逃走了。　　　　　　　▶ 犯人に逃げられました。
▶ 客人來了。　　　　　　　　　▶ お客さんに来られました。

那孩子受媽媽託付去買東西了。	その子はお母さんに買い物を頼まれました。
那位女性被吸血鬼吸血了。	その女性はドラキュラに血を吸われた。
我的發音被老師稱讚了。	私は先生に発音を褒められました。
我被那個展覽會邀請了。	私はその展覧会に招待された。
新車下個月發售。	来月、新しい車が発売されます。
這本小說被翻成韓語	この小説は韓国語に翻訳された。

▶ 派對七點半開始舉行了。　　　▶ パーティーは7時半から開かれた。
▶ 那棟大樓在去年落成了。　　　▶ そのビルは去年建てられた。

17

▶ 這個碗在韓國被生產了。　　　　　▶ この茶碗は韓国で生産された。

 挑戰長文

昨日、母に彼氏の写真を見られた。彼氏は外国人だから、びっくりされた。反対されると思ったが、反対されなかった。でも、今日、私は彼氏に振られた。好きな人がいると言われた。そして、その人と結婚すると言われた。二股かけられた。

⑩ 五段動詞在a段音上的變化－使役被動形　　主書 P.94-97

 照著做就對了

10.MP3

我被母親強迫去烤魚了。	私は母に魚を焼かされました。
（我因為母親指使去去烤魚）	
我被妻子強迫來鄉下了。（是因為妻子要我來，逼不得已才來鄉下）	僕は妻に田舎に来させられた。
→ 母親要我烤魚了。	→ 母は私に魚を焼かせました。
→ 我被母親強迫去烤魚了。	→ 私は母に魚を焼かされました。

▶ 未婚妻讓我買了昂貴的戒指。
　我被未婚妻強迫買了昂貴的戒指。
　（我不願意，卻無可奈何地買了）

▶ 婚約者は僕に高い指輪を買わせた。
　僕は婚約者に高い指輪を買わされた。

▶ 警察讓我說了事件的內容。
　我被警察強迫說了事件的內容。
　（我不想說，卻迫不得已說了）

▶ 警察官は僕に事件の内容を話させた。
　僕は警察官に事件の内容を話させられた。

▶ 老師讓學生排桌子了。
　學生被老師強迫排了桌子。
　（學生不想，卻迫不得已排了）

▶ 先生は生徒にテーブルを並べさせた。
　生徒は先生にテーブルを並べさせられた。

▶ 校長讓我辭掉了學校工作。
　我被校長強迫辭職了。（我不願意，卻迫不得已辭職了。）

▶ 校長は私に学校を辞めさせた。
　私は校長に学校を辞めさせられた。

▶ 醫生讓我出院了。
　我被醫生強迫出院了。（我不願意，卻迫不得已出院了。）

▶ 医者は私に病院を退院させた。
　私は医者に病院を退院させられた。

11 五段動詞在i段音上的變化－ます形

主書 P.98-100

11.MP3

** 照著做就對了**

今年8月舉辦現場演唱會。	今年の8月にライブをやります。
刀子斷了。	ナイフが折れました。

▶ 放了沙發。　　　　　　　　▶ ソファーを置きました。
▶ 有小心了。　　　　　　　　▶ 気を付けました。
▶ 播放特別節目了。　　　　　▶ 特別番組を放送しました。

** 挑戰長文**

私は歌手の友達がいます。入学の時の友達です。ほかの友達はみんな大学卒業後、会社に入りましたが、その友達は会社に入りませんでした。今は有名な歌手です。先週、その友達のライブに行きました。そのライブはテレビでも放送されました。

12 五段動詞在 u 段音上的變化－辭書形

主書 P.101-103

12.MP3

照著做就對了

骨折。	骨を折る。
言之過甚。	口が過ぎる。

▶ 眼珠子打轉。（出現頭暈症狀）　▶ 目が回る。
▶ 脖子飛走／飛去。（被解雇）　　▶ 首が飛ぶ。
▶ 腳露出來。　　　　　　　　　　▶ 足が出る。
　（支出比預算或收入多、透支）
▶ （因為不祥預感而）　　　　　　▶ 胸騒ぎがする。
　心驚肉跳、忐忑不安。

** 挑戰長文**

私は去年の大学の入学試験で失敗した。だから、今年また試験を受ける。入学試験は明日だ。勉強は十分にした。体の調子もいい。合格すると思う。でも、胸騒ぎがする。試験が心配だ。

⑬ 五段動詞在 u 段音上的變化 – 禁止形

主書 P.104-106

 照著做就對了

13.MP3

不准停。	止まるな。
不准遲到。	遅れるな。

▶ 不准吵鬧。	▶ 騒ぐな。
▶ 別輸。	▶ 負けるな。
▶ 不准來。	▶ 来るな。
▶ 別做。	▶ するな。
▶ 別那麼生氣。	▶ そんなに怒るなよ。
▶ 別忘了約定。	▶ 約束を忘れるなよ。
▶ 不准來這裡。	▶ ここには来るなよ。
▶ 別那麼擔心。	▶ そんなに心配するなよ。

 挑戰長文

私は子供の時、するなと言われたことをよくする子供でした。石を投げるなと言われましたが、よく石を投げました。5歳の時、うちの窓ガラスが割れました。弟が怪我をしました。両親に叱られました。先生に友達をいじめるなと言われましたが、よくクラスメートをいじめました。3年生の時、校長先生に叱られました。

⑭ 五段動詞在 e 段音上的變化 – 可能形

主書 P.107-111

 照著做就對了

14.MP3

本週週末可以玩。	今週の週末は遊べる。
這本書可以借。	この本は借りられる。

▶ 外國人也可以住。	▶ 外国人も住める。
▶ 可以早點起床。	▶ 朝早く起きられる。
▶ 明天可以來。	▶ 明日来られる。
▶ 可以去上課。	▶ 授業に出席できる。

不能穿迷你裙。	ミニスカートがはけません。

不能參加考試。	試験が受けられなかった。

▶ 這台相機可以拍出好照片。　▶ このカメラはいい写真が撮れます。
▶ 那個沙發可以改變形狀。　▶ そのソファーは形が変えられます。
▶ 假日可以好好地睡懶覺。　▶ 休みの日は寝坊ができます。

可以5點起床。 下週可以來辦公室。	5時に起きれます。 来週、事務所に来れる。

▶ 我可以獨自穿上和服。　▶ 私は一人で着物が着れる。
▶ 可以借錢。　▶ お金が借りれる。
▶ 朋友在新年時可以來家裡。　▶ お正月に友達が来れる。

 挑戰長文

昨日、足を怪我した。一人で歩けるが、痛いから、とてもゆっくり歩く。でも、一人で階段が下りられない。私の会社の事務所は2階だが、エレベーターがない。でも、仕事が忙しいから、会社は休めない。

⑮ 五段動詞在 e 段音上的變化 – 假定形

主書 P.112-114

 照著做就對了

15.MP3

下雨的話，露營就取消。 放晴的話，從這裡看得見島。	雨が降ればキャンプは中止です。 晴れればここから島が見える。

▶ 假如讀了這個的話就會知道。　▶ これを読めば分かる。
▶ 假如有時間的話，就可以做到底。　▶ 時間があれば最後までできた。
▶ 假如8點過後，電車會變空曠。　▶ 8時を過ぎれば電車はすく。
▶ 假如福田先生來的話，一定可以在比賽中獲勝。　▶ 福田さんが来れば、必ず試合に勝てる。
▶ 假如動手術的話就會好起來。　▶ 手術をすれば治る。

挑戰長文

学校の宿題のレポートがたくさんありましたが、これが最後のレポートです。これが終われば、宿題は全部終わりです。宿題が全部終われば、夏休みですから、自由に遊べます。私は夏休みに北海道へ行きます。北海道へ行けば、涼しいです。それに景色もとてもきれいですから、楽しみです。

⑯ 五段動詞在 e 段音上的變化 – 命令形

主書 P.115-117

 照著做就對了

16.MP3

| 給我回村子去！ | 村に戻れ。 |
| 給我繫上安全帶！ | シートベルトを締めろ。 |

▶ 給我往前走！	▶ 前へ進め。
▶ 給我去抓犯人！	▶ 犯人を捕まえろ。
▶ 給我到這裡來！	▶ こっちに来い。
▶ 孩子要接受父母的教育！ （你給我好好管教你的孩子！）	▶ 子供は親が教育しろ。
▶ 給我稍稍的幫一下吧！	▶ ちょっと手伝えよ。
▶ 快點給我決定吧！	▶ 早く決めろよ。
▶ 給我跟你妹妹一起過來吧！	▶ 妹と一緒に来いよ。
▶ 就說了沒事了給我放下心來吧！	▶ 大丈夫だから安心しろよ。

 挑戰長文

よく聞け。娘はここにいる。明後日までに金を5,000万円用意しろ。そうすれば、娘を返す。警察には連絡するな。警察に連絡すれば、娘は死ぬ。明後日、電話で場所を知らせる。そこに一人で来い。

⑰ 五段動詞在 お 段音上的變化 – 推量形

主書 P.118-120

 照著做就對了

17.MP3

| 登山吧！ | 山に登ろう。 |

收集以前的唱片吧！	昔のレコードを集めよう。

► 一起期待愚人節吧！	► エイプリルフールを楽しもう。
► 一起吹口琴吧！	► ハーモニカを吹こう。
► 傳達感謝之情吧！	► 感謝の気持ちを伝えよう。
► 再來這間店吧！	► この店にまた来よう。
► 預約派對會場吧！	► パーティーの会場を予約しよう。

 挑戰長文

去年、この町は交通事故が多かった。この町から交通事故を無くそう。交通事故は交差点での事故が一番多い。道を渡る時には、気を付けよう。車はゆっくり運転しよう。

18 動詞的另一種活用 – て形

主書 P.121-126

 照著做就對了

18.MP3

在星期日和朋友碰面，先吃了飯，再喝了酒。	日曜日は友達に会って、食事をして、お酒を飲みました。
看了電視，刷牙後，就寝。	テレビを見て、歯を磨いて、寝る。

► 每天早上6點起床，洗臉，吃早餐。	► 毎朝6時に起きて、顔を洗って、朝御飯を食べます。
► 走路1小時，到游泳池游泳，然後吃早午餐。	► 1時間歩いて、プールで泳いで、ブランチを食べます。
► 收看每天晚上9點開始播放的新聞，然後洗澡，12點睡覺。	► 毎晩9時からのニュースを見て、お風呂に入って、12時に寝ます。
► 星期一早上10點到學校，上課到4點，從5點開始打工。	► 月曜日は10時に学校へ来て、4時まで講義を受けて、5時からバイトをします。
► 從11點到3點打工，去買東西，然後回家。	► 11時から3時までパートをして、買い物をして、うちに帰ります。

因為明天有事，所以無法來。	明日は用事があって、来られません。
因為被雨淋濕，所以感冒了。	雨に濡れて、風邪を引いた。

► 因為比賽贏了，所以大家都很高興。	► 試合に勝って、みんなが喜んだ。
► 因為打破花瓶，所以被媽媽罵了。	► 花瓶を落として、母に叱られた。

▶ 因為搬了很多行李，所以感到疲累。　　▶ 荷物をたくさん運んで、疲れた。

▶ 因為個人電腦壞了，所以很困擾。　　▶ パソコンが壊れて、困った。

▶ 因為受傷，所以去了醫院。　　▶ 怪我をして、病院に行った。

來幫忙我一下！　　ちょっと手伝って。

告訴我電話號碼。　　電話番号教えて。

▶ 明天六點半叫醒我！　　▶ 明日、6時半に起こして。

▶ 讀一下這頁！　　▶ このページを読んで。

▶ 再重新考慮一下！　　▶ もう一度よく考えて。

▶ 到這裡來！　　▶ こっちに来て。

▶ 跟爸爸商量一下！　　▶ お父さんと相談して。

19 必背的助詞

主書 P.130-136

照著做就對了

19.MP3

我每天早上走路一小時。	私は毎朝1時間歩きます。
我每天早上最少走路一小時。	私は毎朝1時間は歩きます。
至少出30,000日元的結婚禮金。	結婚式のお祝いには3万円は出す。
興趣是什麼？	趣味は何ですか。
櫻花開了。	桜が咲きました。
小狗出生了。	子犬が生まれた。
喜歡大海。（喜好）	海が好きです。
討厭點心。（喜好）	お菓子が嫌いだ。
想要擁有腳踏車。（欲求）	自転車が欲しいです。
想吃便當。（欲求）	お弁当が食べたい。
義大利語（說得）很好。（能力、可能性）	イタリア語が上手です。
可以溜冰／會溜冰。（能力、可能性）	スケートができる。
雖然已經游了30分鐘，但不覺得累。	30分泳ぎましたが、疲れませんでした。
雖然已經睡夠了，但仍然想睡覺。	十分に寝たが、まだ眠い。
貼了海報。	ポスターを貼りました。
戴帽子。	帽子をかぶる。
9點鐘離開家裡。	9時にうちを出ます。
從電車上下來。	電車を降りた。
過橋。	橋を渡ります。
在那個紅綠燈左轉。	あの信号を左に曲がる。
我父親的鐘錶。	私の父の時計です。

在東京的大學讀過書。	東京の大学で勉強した。
這鑰匙是誰的？	この鍵は誰のですか。
這個杯子是我的。（過去式）	そのカップは私のだった。
我非常喜歡的（食物）是這種麵包。	私が大好きなのは、このパンです。
扔掉髒的（東西）。	汚いのは捨てる。
我喜歡的人年紀比我小。	私の好きな人は年下です。
朋友買的相機是昂貴的。	友達の買ったカメラは高い。
今天也是好天氣。	今日もいい天気です。
池塘跟河川也都很近。	池も川も近い。
兄弟有五位之多。	兄弟が5人もいます。
入學考試落榜有三次之多。	入学試験に3回も落ちた。
什麼都不需要。	何も要りません。
沒有任何人在。	誰もいない。
不論哪裡都一樣。（過去式）	どこも同じでした。
不管哪個都很美。（過去式）	どれも美しかった。
男生和女生不一樣。	男と女は違います。
（我）和校長（一起）外出了。	校長先生と出掛けた。
我覺得那個是不合理的。 （引述：那個是不合理的。）	それは無理だと思います。
他說要獨自前往。（引述：要獨自前往。）	一人で行くと言った。

20 容易搞混的助詞

主書 P.137-147

 照著做就對了

20.MP3

下個月去菲律賓。	来月、フィリピンへ行きます。
孫先生返回自己的國家。	ソンさんは自分の国へ帰る。
上個月來維也納了。	先月、ウィーンに来ました。
星期日都跟孩子去公園。	日曜日はいつも子供と公園に行く。
電梯在那裡。	エレベーターはあちらにあります。
正住在首爾。	ソウルに住んでいる。
早上七點起床了。	今朝、7時に起きました。
在四月搬家。	4月に引っ越す。
寒假在上週結束了。	先週、冬休みが終わりました。
這棟大樓會在後年拆除。	再来年、このビルを壊す。
會在下下週星期二抵達。	再来週の火曜日に着きます。
星期三那天開會遲到了。	水曜日、会議に遅れた。
1天吃三次藥。	1日に3回、薬を飲みます。

一週打工三天。	1週間に3日、アルバイトをする。
11點抵達機場了。	11時に空港に着きました。
坐在那個人旁邊。	その人の隣に座った。
給女兒禮物。	娘にプレゼントをあげます。
把小冊子交給兒子。	息子にそのパンフレットを渡した。
從丈夫那裡收到了戒指。	夫に指輪をもらいました。
這件事是從妻子那邊聽到的。	この話は家内に聞いた。
週末在迪士尼樂園裡玩了。	週末はディズニーランドで遊びました。
聚集在餐廳裡。	食堂で集まった。
把車停在我家前面。	車をうちの前に止める。
在我家前面停下車。	車をうちの前で止める。
搭計程車去了。	タクシーで行きました。
用英文聊天了。	英語で話した。
因為生病，所以住院。	病気で入院しました。
因為交通事故而身亡。	交通事故で死んだ。
四個人登山了。（表示人數）	4人で山に登りました。
這道料理十分鐘能烹煮完成。 （限定在十分鐘）	この料理は10分でできる。
這東西三個100日元。（表示數量）	これは三つで100円です。
用紙做了日本人偶。	紙で人形を作りました。
用木頭做的項鍊。	木でできたネックレスだった。
從八點工作到五點了。	8時から5時まで働きました。
從釜山到大阪花了一個半小時。	プサンから大阪まで1時間半かかる。
從公司那裡收到薪水。 （領到來自公司的薪水）。	給料を会社からもらいます。
從學校那裡收到信（收到來自學校的信）。	手紙を学校からもらった。
從這裡看得見海岸。	ここから海岸が見えます。
風不會從窗戶跑進來。	窓から風が入らない。
葡萄酒是用葡萄釀製的。	ワインはぶどうから作ります。
起司是用牛奶製成的。	チーズは牛乳からできた物だ。
（就是）因為我疏忽大意，所以發生事故了。	私の不注意から、事故が起きました。
因為健康因素，所以戒菸了。 （健康出狀況了，不戒行嗎？）	健康上の理由から、たばこをやめた。
因為今天是星期日，所以休假。	今日は日曜日ですから休みです。

因為日語不熟練，所以緊張。	日本語が上手じゃありませんから、心配です。
因為樓上鄰居很吵，所以打了電話。	上の家がうるさかったから、電話をした。
因為疲累，所以現在要回家。	疲れたからもう帰る。
由於這裡是出口，所以不能進去。	ここは出口なので入れません。
由於母親的天性愛刁難人，所以過得很辛苦。	母が意地悪だったので、大変でした。
由於這個游泳池很深，所以很危險。	このプールは深いので危ない。
由於我什麼都答不出來，所以老師生氣了。	私が何も答えなかったので、先生が怒った。
這個比藥還苦。	これは薬より苦いです。
（較近的）那裡的游泳池比（較遠的）那裡的游泳池還淺。	そっちのプールはあっちのプールより浅い。
下午兩點開始進行研討會。	午後2時よりシンポジウムを行います。
從名古屋出發。	名古屋より出発する。
我的爺爺活到了99歲。	私の祖父は99歳まで生きました。
昨天雨下到了晚上。	昨日は夜まで雨が降った。
下個禮拜四之前會聯絡您。	来週の木曜日までに連絡します。
在聖誕節前會交到女朋友。	クリスマスまでに彼女を作る。
只有那位朋友留宿了！	その友達だけ泊まりました。
世界上唯一的花。	世界に一つだけの花。
那間店除了星期五之外都不開店。（只在星期五開店）	その店は金曜日しか開きません。
這個除了我之外沒人知道。（只有我知道）	これは私しか知らない。
只看日本連續劇。	日本のドラマだけ見ます。
總是看日本連續劇。	日本のドラマばかり見ます。
總有令人驚奇之事。	びっくりする事ばかりでした。
大多是吃杯麵。	カップラーメンばかり食べる。

21 語尾助詞

主書 P.148-153

21.MP3

這隻鳥會發出悅耳的叫聲嗎？	この鳥はきれいな声で鳴きますか。
國外生活寂寞嗎？	外国生活は寂しいですか。
那是真的嗎？	それは本当か。
這種東西不珍貴嗎？	こんな物は珍しくないか。
比賽已經開始了嗎？	試合はもう始まった？
那個孩子是女孩子嗎？	その子は女の子？

下個月一日或二日會順便去。	来月の1日か2日に寄ります。
使用叉子或筷子。	フォークか箸を使う。
詢問了（對方）在上禮拜的運動會跑步了嗎。	先週の運動会で走ったか聞きました。
還不知道飛機是否會起飛。	飛行機が飛ぶか飛ばないかまだ分からない。
這張照片不知何時好像曾在某處看到過。	この写真はいつかどこかで見ました。
好像幾年前見過那個人。	何年か前にその人に会った。
那個是從誰那裡收到的伴手禮呢？	それは誰かからのお土産かい？
就那麼害怕嗎？	そんなに驚いたかい？
什麼時候搬家？	引っ越しはいつだい？
中午休息時間幾點開始？	昼休みは何時からだい？
下個紅綠燈要右轉對吧？	次の信号を右ですね。
已經決定好要怎麼做了對吧？	どうするか、もう決めたね。
還真趕呀！	ずいぶん急ぎますね。
那個人是了不起的人呀！	その人はすごい人だね。
我不那麼認為。	私はそう思いませんね。
我不喜歡那個顏色。	その色はよくないね。
那個是這樣的…我們這邊也…可能要再討論一下…	それはですね、こちらの方もですね、もう少し相談をしますので……。
我呀…在讀國中的時候…英文不好。	僕はね、中学生の時はね、英語が苦手だった。
正確答案是這個喲。	正しい答えはこれですよ。
急行電車不會停靠那個站啦。	その駅に急行は止まらないよ。
我以後會更努力呀。	これからもっと頑張りますわ。
我也會出席喲。	私も出席するわ。
唉呀~好開心哦。	まあ、嬉しいわ。
嬰兒哭啊哭啊的真讓人煩惱。	赤ん坊が泣くわ、泣くわで困った。
來得及嗎？	間に合うかしら。
不知道這樣是不是好的呢？	これでいいかしら。
這個不能拜託你嗎？ （希望可以拜託你）	これ、お願いできませんかしら。
難道明天不會放晴嗎？（希望可以放晴）	明日は晴れないかしら。

㉒ 其他的助詞

主書 P.154-159

22.MP3

在背包內放了食物和飲料。	リュックに食べ物や飲み物を入れました。
點心中有甜的也有酸的。	お菓子には甘いのや酸っぱいのがあった。

28

紅茶或咖啡我都不喝。	紅茶とかコーヒーは飲みません。
有人說食物硬，有人說食物軟，立刻吵成一團。	食べ物が固いとか柔らかいとか、すぐ騒ぐ。
不預習也不複習。	予習もしませんし、復習もしません。
連假期間街道擁擠，人潮眾多。	連休には道も込むし、人も多い。
這間咖啡廳離家近又安靜，所以我常來。	この喫茶店はうちからも近いですし、静かですし、よく来ます。
上了年紀又發福，所以這件衣服現在已經不適合（我）了。	年も取ったし、太ったし、この洋服はもう似合わない。
這間咖啡廳離家也近，所以我常來。	この喫茶店はうちからも近いですし、よく来ます。
我們去吃頓午飯之類的吧！	昼御飯でも食べましょう。
我們去泡個澡之類的吧！	お風呂にでも入ろう。
這個就算是小孩子也做的到。	これは子供でもできます。
那種蟲就算在寒冷之處也能生存。	その虫は寒い所でも大丈夫だ。
即使是有錢人，也有不幸福的人。	金持ちだって不幸な人はいる。
不管什麼都好。	何でもいいです。
手機不管何時何地都能上網。	携帯電話はいつでもどこでもインターネットができる。
這種事誰都知道。	こんな事は誰だって分かる。
買了牛肉、魚和醬油…等。	牛肉や魚やしょうゆなどを買いました。
休息時間看漫畫或小說…等。	休み時間は漫画や小説などを読む。
看到了40歲左右的女性。	40歳くらいの女の人を見ました。
蘋果般的大小。	りんごくらいの大きさだった。

 挑戰長文

私は来年の3月に韓国へ行きます。日本人は韓国の食事で困る人が多いと聞きました。でも、私は辛い食べ物も好きですし、キムチや焼き肉なども大好きですから、食べ物は心配ありません。

23 必背的疑問詞

主書 P.162-163

 照著做就對了

23.MP3

▶ 生日是何時呢？　　　　　　▶ 誕生日はいつですか。
▶ 那位是誰呢？　　　　　　　▶ あの方はどなたですか。

▶ 那個男人是誰呢？	▶ その男の人は誰ですか。
▶ 這個箱子是什麼呢？	▶ この箱は何ですか。
▶ 身體狀態如何呢？	▶ 体の具合はいかがですか。
▶ 新毛衣如何呢？	▶ 新しいセーターはどうですか。
▶ 我的座位在哪裡？	▶ 私の席はどこですか。
▶ 想要的西裝是哪一邊？	▶ 欲しいスーツはどちらですか。
▶ 喜歡的蛋糕在哪一邊？	▶ 好きなケーキはどっちですか。
▶ 那是為什麼？	▶ それはどうしてですか。
▶ 往橫濱的巴士是哪一台？	▶ 横浜行きのバスはどれですか。

24 表示數字與數量的疑問詞

主書 P.164

 照著做就對了

24.MP3

▶ 保齡球的最高得分是幾分？	▶ ボーリングのベストスコアはいくつですか。
▶ 那雙手套多少錢？	▶ その手袋はいくらですか。
▶ 費用大約多少呢？	▶ 費用はどのくらいですか。

25 用於名詞之前的疑問詞

主書 P.165-166

 照著做就對了

25.MP3

▶ 我是哪一班？	▶ 私はどのクラスですか。
▶ 鐵達尼號是什麼樣的船？	▶ タイタニックはどんな船ですか。

26 必背的副詞

主書 P.168-174

 照著做就對了

26.MP3

商店已經關門了。	店はもう閉まりました。
要決定做什麼，已經決定好了。	何にするか、もう決まった。

▶ 商店已經開門了。	▶ 店はもう開いた。
▶ 頭髮已經剪了。	▶ 髪はもう切った。
▶ 冰箱已經修好了。	▶ 冷蔵庫はもう直した。

快要回家了。	もううちに帰ります。
洗好的衣物快乾了。	洗濯物はもう乾く。
▶ 福島先生快抵達了。	▶ 福島さんはもう着きます。
▶ 電車馬上要出發了。	▶ 電車はもう動きます。
▶ 肉快烤好了。	▶ 肉はもう焼けます。
又再找一次了。	もう一度探しました。
想再多吃一點飯。	もうちょっと御飯が欲しい。
▶ 再多釣了一隻魚。	▶ 魚をもう1匹釣った。
▶ 再稍微加一點味噌。	▶ もう少し味噌を足した。
▶ 學生再增加了一名。	▶ 学生がもう一人増えた。
還是小學生。	まだ小学生です。
已經10月了，還是熱。	もう10月ですが、まだ暑いです。
▶ 那孩子還只是嬰兒。	▶ その子はまだ赤ちゃんです。
▶ 三月還冷。	▶ 三月はまだ寒いです。
▶ 時間才6點。	▶ 時間はまだ6時です。
你在電影院看了「密陽」這部電影嗎？	映画館で「ミリャン」を見ましたか。
沒有，我沒有去看。	いいえ、見ませんでした。
沒有，我還沒去看。	いいえ、まだ見ていません。
沒有，我不會去看。	いいえ、見ません。
開水還沒沸騰。	お湯はまだ沸いていません。
尚未習慣新的工作。	新しい仕事にまだ慣れていない。
變色龍不太動。	カメレオンはあまり動きません。
那個故事不太可怕。	その話はあまり怖くない。
▶ 法國人不太打高爾夫球。	▶ フランス人はあまりゴルフをしない。
▶ 不太喜歡冷氣。	▶ 冷房はあまり好きじゃない。 　冷房はあまり好きではない。
▶ 那故事沒什麼幫助。	▶ その話はあまり役に立たない。
喝太多酒的話對身體不好	あまり飲むと体によくないですよ。
這隻狗摸得太過分的話會咬人。	この犬はあまり触ると嚙む。

31

請好好考慮。
隔壁房間的聲音在這裡聽得很清楚。

よく考えてください。
ここは隣の部屋の音がよく聞こえる。

► 很通風。
► 星星看得很清楚。
► 麵包烤得很好。

► 風がよく通ります。
► 星がよく見えます。
► パンがよく焼けます。

時常想起以前的事。
那個朋友常換男朋友。

昔の事をよく思い出します。
その友達は彼氏がよく変わる。

► 經常下雪。
► 個人電腦常故障。
► 丈夫經常幫忙。

► 雪がよく降る。
► パソコンがよく壊れる。
► 夫がよく手伝う。

我想大概是掉在這裡了。
沒記錯的話，兩個人好像去年分手了。

確か、ここで落としたと思います。
二人は確か、去年別れた。

► 我沒記錯的話，錢已經足夠了。
► 我沒記錯的話，那台機器已經修好
　了。
► 我沒記錯的話，那個部落格已經消
　失了。

► お金は確か、足りたと思います。
► その機械は確か、直したと思います。
► そのブログは確か、無くなったと思います。

絕對不坐博愛座。
絕對不會輸。

シルバーシートには絶対に座りません。
絶対負けない。

► 絕對不會偷別人的東西。
► 絕對不摸動物。
► 我絕對不會逃走。

► 人の物は絶対に盗まない。
► 動物は絶対に触らない。
► 僕は絶対に逃げない。

這種事肯定有鬼。
下回的比賽一定會贏。

こんな事は絶対おかしいです。
次の試合では絶対に勝つ。

► 我一定會去讀研究所。
► 這個股票一定會上漲。
► 這次的旅行肯定很期待。

► 大学院は絶対通います。
► この株は絶対上がります。
► 今回の旅行は絶対楽しみます。

27 意思與用法相近的副詞

主書 P.175-182

照著做就對了

27.MP3

第一次吹單簧管。	はじめてクラリネットを吹きました。
第一次遇到那麼嚴格的老師。	こんなに厳しい先生ははじめてだ。
起初認為日語很簡單。	はじめは日本語は簡単だと思いました。
9月初開了蔬菜店。	9月のはじめに八百屋を開く。

- ▶ 第一次到了公司上班。 ▶ はじめて会社に勤めた。
- ▶ 第一次養了狗。 ▶ はじめて犬を育てた。
- ▶ 第一次打出了全壘打。 ▶ はじめてホームランを打った。
- ▶ 第一次切了蔬菜。 ▶ はじめに野菜を切りました。
- ▶ 第一次向神明祈禱了。 ▶ はじめに神様に祈りました。
- ▶ 第一次佈置了房間。 ▶ はじめに部屋を飾りました。

剛才開始從外面傳來男人的聲音。	さっきから外で男の人の声がします。
客人方才回去了。	お客さんはさっき帰った。
上星期二是晴天。	この前の火曜日は晴れでした。
父親幾天前過世了。	この前、父が亡くなった。

- ▶ 剛才院子有什麼東西在發亮。 ▶ さっき庭で何かが光った。
- ▶ 剛才個人電腦故障了。 ▶ さっきパソコンが直った。
- ▶ 剛才雨停了。 ▶ さっき雨がやんだ。
- ▶ 之前發現了新的星星。 ▶ この前、新しい星が見付かりました。
- ▶ 之前油漆了家裡的牆壁。 ▶ この前、家の壁にペンキを塗りました。
- ▶ 之前在慶典上跳了舞。 ▶ この前お祭りで踊りました。

A（一邊讓座一邊說）請坐。	A どうぞ。
B（一邊坐下一邊說）謝謝。	B どうも。
A（一邊遞茶一邊說）請喝。	A どうぞ。
B（一邊接下茶杯一邊說）謝謝，那我就不客氣了。	B どうも。いただきます。

下次會跟三浦先生道歉。	三浦さんに今度謝ります。
等一下會跟三浦先生道歉。	三浦さんに後で謝ります。
錢下次支付。（下次來時）	お金は今度払う。
錢等一下支付。（稍後支付）	お金は後で払う。

▶ 行李下次搬。　　　　　　　　　▶ 荷物は今度運ぶ。

▶ 考試結果下次通知。　　　　　　▶ テストの結果は今度知らせる。

▶ 這段話下次傳達。　　　　　　　▶ この話は今度伝える。

▶ 稍後再叫醒孩子。　　　　　　　▶ 子供は後で起こします。

▶ 水等一下再煮沸。　　　　　　　▶ お湯は後で沸かします。

▶ 等一下再掛上那幅畫。　　　　　▶ この絵は後で掛けます。

這個病鐵定會痊癒。（100%確信）　　この病気は必ず治ります。

這個病想必能痊癒。（可能無法痊癒）　この病気はきっと治ります。

請務必要來派對。　　　　　　　　パーティーには必ず来てください。
（強烈要求，具強制意味）

請一定要來派對。（強烈期待）　　パーティーにはきっと来てください。

請一定要來派對。（希望、盼望）　パーティーには是非来てください。

▶ 這玩具一定會修好。　　　　　　▶ このおもちゃは必ず直る。

▶ 疼痛一定會消失。　　　　　　　▶ 痛みは必ず消える。

▶ 夢想一定會實現。　　　　　　　▶ 夢は必ずかなう。

▶ 這玩具肯定會修好。　　　　　　▶ このおもちゃはきっと直ります。

▶ 疼痛肯定會消失。　　　　　　　▶ 痛みはきっと消えます。

▶ 夢想肯定會實現。　　　　　　　▶ 夢はきっとかないます。

▶ 請一定要教我日語。　　　　　　▶ 日本語を是非教えてください。

▶ 請一定要看那邊的風景。　　　　▶ そこの景色を是非見てください。

▶ 請一定要開始游泳。　　　　　　▶ 水泳を是非始めてください。

這個音響可發出品質十分優異的聲音。　このスピーカーは非常にクオリティの高い音が出ます。

非常悲傷的故事。　　　　　　　　とても悲しいストーリーでした。

那時非常難為情。　　　　　　　　その時、すごく恥ずかしかった。

▶ IT產業相當繁盛。　　　　　　　▶ IT産業が非常に盛んだ。

▶ 技術十分優秀。　　　　　　　　▶ 技術が非常に素晴らしい。

▶ 紋路非常細微。　　　　　　　　▶ 柄が非常に細かい。

▶ 妻子十分善良。　　　　　　　　▶ 妻はとても優しいです。

▶ 今天的結果十分可惜。　　　　　▶ 今日の結果はとても残念です。

▶ 傷得很重。　　　　　　　　　　▶ 怪我はとてもひどいです。

▶ 濟州道的豬肉超級好吃。　　　　▶ 濟州道の豚肉はすごくうまい。

▶ 那棟建築物超級古老。　　　　　▶ その建物はすごく古い。

▶ 加藤小姐的頭髮超美。　　　　　▶ 加藤さんの髪はすごくきれいだ。

28 以そ開頭的基本連接詞

主書 P.184-186

 照著做就對了

28.MP3

▶ 這片湖泊很廣闊，而且很深。

▶ この湖は広いです。そして、深いです。

▶ 這是出差行程表，還有這個是電車票。

▶ これが出張のスケジュールです。
そして、これが電車の切符です。

▶ 中野小弟突然站起來，然後走到老師面前。

▶ 中野君は急に立った。
そして、先生の前まで行った。

▶ 睡了一個小時左右的懶覺，然後讀了報紙。

▶ 1時間くらい昼寝をしました。
それから、新聞を読みました。

▶ 在禮物上繫了緞帶，然後給了女朋友。

▶ プレゼントにリボンを付けた。
それから、彼女にあげた。

▶ 隔了好久才去找國小老師，接著和老師一起吃了飯。

▶ 久しぶりに小学校の先生を訪ねた。
それから、先生と一緒に食事をした。

▶ 撿到了錢包，然後送到派出所。

▶ 財布を拾いました。
それで、交番へ行きました。

▶ 抄了朋友的報告，所以得到了「丁」。

▶ 友達のレポートを写しました。
それで、不可をもらいました。

▶ 昨晚被雨淋濕了，所以感冒了。

▶ 夕べ雨に濡れた。それで、風邪を引いた。

▶ 小野先生個子高且功課好。

▶ 小野君は背が高いです。
それに、勉強もできます。

▶ 那間餐廳便宜且美味。

▶ そのレストランは安い。
それに、おいしい。

▶ 那間店的服務不好，而且漢堡也難吃。

▶ この店のサービスはよくない。
それに、ハンバーガーもまずい。

29 其他的基本連接詞

主書 P.187-192

29.MP3

▶ 今天是陰天，但不涼爽。

▶ 今日は曇りでした。
けれども、涼しくなかったです。

▶ 今天也持續熱感（高溫），但（溫度）比昨天低。

▶ 今日も熱は続きました。
けれども、昨日よりは下がりました。

▶ 排了30分鐘，但當紅的遊戲軟體已經沒了。

▶ 30分並んだ。けれども、人気のゲームソフトはもう無かった。

▶父母親和我睡在棉被（地板）上。
不過，唯獨妹妹睡在床鋪上。

▶両親と僕は布団で寝ます。
でも、妹だけはベッドで寝ます。

編註 原文的「布団で寝る」一般指的是日式房間在榻榻米上鋪上棉被，然後在榻榻米上睡覺的意思。

▶房子因為地震而搖晃。不過，誰都沒有清醒過來。

▶地震で家が揺れた。
でも、誰も起きなかった。

▶森先生只穿著內衣。不過，每個人都不覺得驚訝。

▶森さんは下着だけだった。
でも、誰も驚かなかった。

▶我在高中學了日語。但是，完全不認得片假名。

▶私は高校で日本語を勉強しました。
しかし、カタカナが全部分かりません。

▶在韓國會使用筷子跟湯匙。但是，在日本只使用筷子。

▶韓国では箸とスプーンを使う。
しかし、日本では箸だけ使う。

▶天氣預報說今天會轉陰天。但是，但天氣非常好。

▶天気予報では今日は曇ると言った。
しかし、とてもいい天気だ。

▶他們去德國了。另外，也順便去了法國。

▶彼らはドイツへ行きました。
又、フランスにも寄りました。

▶他是知名演員。另外，也是歌手。

▶彼は有名な俳優だ。又、歌手でもある。

▶是你也好。另外，或是其他人也可以。

▶君でもいい。又、別の人でもいい。

▶請打電話或寫電子郵件連絡。

▶電話又はメールで連絡をください。

▶搭巴士或計程車。

▶バス又はタクシーに乗ります。

▶在東側和南側建造玄關。

▶東又は南に玄関を作る。

▶都準備好了嗎？那麼，就請開始吧。

▶用意はできましたか。
では、始めてください。

▶話說完了嗎？那麼，該回家了。

▶話はもう終わりましたか。
では、そろそろ帰ります。

▶除此之外還有其它意見嗎？那麼，設計就決定採用這個了。

▶ほかに何か意見はありますか。
では、デザインはこれに決まりました。

▶肚子餓，所以吃了披薩。

▶おなかがすいた。だから、ピザを食べた。

▶日本的基督徒少，所以沒什麼教會。

▶日本にはクリスチャンが少ない。
だから、教会があまり無い。

▶考試題目超級難，所以沒有一個學生考滿分。

▶テストの問題がすごく難しかった。
だから、100点の生徒が一人もいなかった。

▶白雪公主將蘋果放進嘴巴裡，於是突然暈倒了。

▶白雪姫はりんごを口に入れました。
すると、急に倒れました。

▶拉了箱繩，於是發出了很大的聲響。

▶箱の紐を引いた。すると、大きな音がした。

▶鈴響了，於是許多學生們走出教室了。

▶ベルが鳴った。
すると、たくさんの学生が教室を出た。

挑戰長文

先月、私は友達3人と一緒にヨーロッパに行きました。はじめはイギリスに行きました。イギリスは景色もきれいでしたし、親切な人も多かったです。けれども、食べ物がおいしくなかったです。だから、食事が大変でした。それから、フランスに行きました。フランスでは美術館や建物など色々な所を見ました。それに、買い物もたくさんしました。とても楽しかったです。でも、フランス人は仕事が遅いです。そして、最後はイタリアに行きました。イタリアは食事が一番おいしかったです。

㉚ 修飾名詞的方法

主書 P.196-198

 照著做就對了

30.MP3

幾乎沒有大尺碼的女裝。	体が大きい女性の服はなかなかありません。
我們家的後方是，是內人非常喜愛的樹林。	うちの裏は妻が大好きな林だ。
那隻鳥在雨多的森林裡。	その鳥は雨が多い森にいます。

- ▶ 矮個子男性的西裝。　　　▶ 体が小さい男性のスーツ
- ▶ 需要密碼的情況。　　　　▶ パスワードが必要な場合
- ▶ 離車站最近的超市。　　　▶ 駅から一番近いスーパー

幾乎沒有大尺碼的女裝。	体の大きい女性の服はなかなかありません。
我們家的後方是，是內人非常喜愛的樹林。	うちの裏は妻の大好きな林だ。
那隻鳥在雨多的森林裡。	その鳥は雨の多い森にいます。

- ▶ 法律專業人士。　　　　　▶ 法律の専門の先生
- ▶ 眼睛漂亮之人。　　　　　▶ 目のきれいな人
- ▶ 速度慢的颱風。　　　　　▶ 速度の遅い台風

關燈的人是誰？	電気を消した人は誰ですか。
下一站是我要下車的站。	次の駅が私が降りる駅だ。

- ▶ 適合紅酒的料理。　　　　▶ ワインに合う料理
- ▶ 天不會黑的季節。　　　　▶ 日が暮れない季節
- ▶ 三個人走向之處。　　　　▶ 三人が向かった場所
- ▶ 目前為止無法痊癒的病。　▶ 今まで治らなかった病気

挑戰長文

韓国では熊はなかなか見られないが、日本では熊が出る所が多い。東京にも熊が出る所がある。東京の西側には山や川や木が多くて、動物もたくさんいる。東京で見られる動物は43種類もいる。大きい都市でこれほどたくさんの動物が見られる都市は、世界でも珍しい。

㉛ 名詞和形容動詞、形容詞的て形

主書 P.199-202

 照著做就對了

31.MP3

三浦先生的孩子是女孩子，現在是大學生。	三浦さんのお子さんは女の子で、今大学生です。
這間飯店安靜，而且服務也好。	このホテルは静かで、サービスもいい。
我們家的廚房狹窄又暗。	うちの台所は狭くて、暗いです。

▶ 去程是搭船，回程時是搭飛機。　　▶ 行きは船で、帰りは飛行機です。

▶ 永井先生親切又開朗。　　▶ 永井さんは親切で明るいです。

▶ 那座神社古老且有名。　　▶ その神社は古くて有名です。

▶ 因為失火，所以房子燒掉了。　　▶ 火事で家が焼けた。

▶ 因為坡道陡峭，所以爬得很辛苦。　　▶ 坂が急で大変だった。

▶ 因為喉嚨痛，所以無法發出聲音。　　▶ 喉が痛くて声が出なかった。

▶ 因旅館房間不是榻榻米而感到可惜。　　▶ 旅館の部屋が畳じゃなくて残念でした。

▶ 因為店員的說明不夠有禮，所以我火大了。　　▶ 店員の説明が丁寧じゃなくて頭に来ました。

▶ 因為晚餐不好吃，所以我只吃了一半。　　▶ 夕飯がおいしくなくて、半分しか食べませんでした。

 挑戰長文

「こんぴらさん」と呼ばれる香川県の金刀比羅宮は、石の階段で有名な神社です。一番下から一番上まで、階段が全部で1,368段もあります。階段が多くて大変なので、一番上まで行けない人もいます。

32 把形容動詞、形容詞變成副詞的方法　　　主書 P.203-205

 照著做就對了

32.MP3

平假名可輕鬆地背起來。	平仮名は簡単に覚えられます。
適當地挑選物品。	品物を適当に選んだ。

▶ 充滿活力地回答了。　　　　　　▶ 元気に返事をしました。
▶ 用肥皂將手洗乾淨。　　　　　　▶ 石鹸できれいに手を洗いました。
　 用肥皂將手洗乾淨。　　　　　　　 きれいに石鹸で手を洗いました。
　 用肥皂將手洗乾淨。　　　　　　　 石鹸で手をきれいに洗いました。
▶ 充分地道謝了。　　　　　　　　▶ 十分にお礼を言いました。

漢堡排做得相當好吃了。	ハンバーグがおいしくでさました。
不管是什麼都愉快地學習吧！	何でも楽しく勉強しよう。

▶ 把線剪短。　　　　　　　　　　▶ 糸を短く切った。/ 短く糸を切った。
▶ 新設立了手帕專櫃。　　　　　　▶ ハンカチの売り場を新しく作った。
　 設立了新的手帕專櫃。　　　　　　 新しくハンカチの売場を作った。
▶ 他的父親早早離世了。　　　　　▶ あの人のお父さんは早く亡くなった。

 挑戰長文

日本語の平仮名は新しく作られた字ではない。漢字から作られた字だ。平仮名は10世紀から広く使われた。平仮名は女性に多く使われたので、「女手」とも呼ばれた。最初、平仮名で書かれた物は地位が低く見られた。

33 把形容動詞、形容詞變成名詞的方法　　　主書 P.206-209

 照著做就對了

33.MP3

對大海之美感到驚嘆。	海のきれいさに驚きました。
這是一台以靜音為特點的個人電腦。	これは静かさが特徴のパソコンだ。

▶ 家人的可貴　　　　　　　　　　▶ 家庭の大切さ
▶ 信用卡的便利　　　　　　　　　▶ クレジットカードの便利さ

▶ 國際政治的複雜   ▶ 国際政治の複雑さ

這間學校的嚴格（度）很出名。   この学校の規則の厳しさは有名です。
早上跟晚上的冷度令人感受到冬天。   朝晩の寒さは冬を感じさせる。

▶ 白天的熱   ▶ 昼の暑さ
▶ 言詞的困難   ▶ 言葉の難しさ
▶ 走廊的長度   ▶ 廊下の長さ
▶ 頭腦之好   ▶ 頭のよさ

 挑戰長文

私は4年間、日本の大学で勉強しました。明日は卒業式です。再来週には韓国に帰ります。嬉しさ半分、寂しさ半分です。外国生活の大変さや、日本人とのコミュニケーションの難しさなど、たくさんの事を学びました。この4年間は私の宝です。

㉞ 把形容動詞、形容詞變成動詞的方法

主書 P.210-213

 照著做就對了

34.MP3

松岡先生討厭工廠的工作。   松岡さんは工場での仕事を嫌がりました。
大家對那位選手的引退都感到惋惜。   その選手の引退をみんなが残念がった。

▶ 他炫耀了自己的知識。   ▶ その人は自分の知識を得意がりました。
▶ 姊姊對未來感到不安。（過去式）   ▶ 姉は将来を不安がりました。
▶ 那位外國人覺得日本小學生的獨特肩背包感到不可思議。   ▶ その外国人はランドセルを不思議がりました。

那個人逞強地說自己沒事。   その人は大丈夫だと強がりました。
他對妻子的離世感到非常悲傷。   彼は妻の死を非常に悲しがった。

▶ 兒子很疼愛那隻貓。   ▶ 息子はその猫をかわいがった。
▶ 母親對我們之間的離別感到依依不捨。   ▶ 母は私との別れを寂しがった。
▶ 弟弟覺得耳朵痛。   ▶ 弟は耳を痛がった。

挑戰長文

うちの犬は黒くて毛が長いので、夏にはとても暑がる。今年の夏は特に暑かったので、犬の毛を短く切った。切る時、犬が少し嫌がったが、きれいに短く切った。それからは、あまり暑がらなかった。これからは毎年、夏には犬の毛を短く切る。

35 把動詞變成名詞的方法

主書 P.214-216

 照著做就對了

35.MP3

| 去的時候搭了計程車。 | 行きはタクシーに乗りました。 |
| 那是很好的想法。 | それはいい考えだ。 |

▶ 學跳舞了。	▶ 踊りを習いました。
▶ 接受教導了。	▶ 教えを受けました。
▶ 借的還回去了。	▶ 借りを返しました。

 挑戰長文

夕べはサークルの飲み会がありました。私は先輩に何度もイッキ飲みをさせられました。帰りは一人で歩けませんでした。今日は朝から頭が痛いです。でも、今日は休みですから、うちでゆっくり休めます。イッキ飲みも一つのいじめだと思いました。

36 接頭詞與接尾詞

主書 P.217-224

 照著做就對了

36.MP3

您的家人們好嗎？	ご家族の皆さんはお元気ですか。
收到信了。	お手紙をもらった。
要（跟您）稍微商量一下。	ちょっとご相談があります。
打了電話（給您）。	お電話を差し上げた。
好天氣。	いいお天気ですね。
喝了茶。	お茶を飲んだ。
現在正在讀書。	今、勉強中です。
10名中有8名落榜了。	10人中8人が試験に落ちた。
全世界的粉絲都聚集起來了。	世界中のファンが集まりました。

今天一整天都在下雨。	今日は一日中雨だった。
那裡有著許多動物（們）。	そこには色々な動物達がいます。
有話想跟你們說。	君達に話がある。
您們是被選中之人。	あなた方は選ばれた者です。
全部都是優秀的老師們。	皆、素晴らしい先生方だった。
他們什麼都不知道。	彼らは何も知りませんでした。
這些都是新知道的事情。	これらは新しく分かった事だ。
明天1點左右會出家門。	明日、1時頃うちを出ます。
8點左右的電車是擁擠的。	8時頃の電車は込む。
這附近沒有好吃的麵包店嗎？	この近所においしいパン屋はありませんか。
那個人是蔬菜店的老闆。	あの人は八百屋さんだ。
那個孩子是容易感到寂寞的人。	その子は寂しがり屋です。
那個學生是很努力的人。	その生徒は頑張り屋だ。
我家的王子殿下。	うちの王子様です。
黑木先生在嗎？	黒木さんはいますか。
由美小妹的個子還很嬌小。	由美ちゃんはまだ背が低い。
俊彥小弟坐在那裡了。	俊彦君はそこに腰をかけた。
這是我喜歡的音樂家的網頁。	これは私の好きな音楽家のホームページです。
梵谷是有名的畫家。	ゴッホは有名な画家だ。
吉田先生是愛妻之人。	吉田さんは愛妻家です。
被稱作天才的人是特別努力的人。	天才と呼ばれる人は努力家だ。
每隔一頁有一張圖。	1ページおきに絵があります。
每隔1個月去一趟醫院。	一月おきに病院に行った。
從前面數來的第三個人是誰？	前から3人目の人は誰ですか。
讀了《第六個小夜子》。	「六番目の小夜子」を読んだ。
從雙親那邊一年各拿到一個飾品。	両親から1年に1個ずつアクセサリーをもらいました。
每週各閱讀一本書。	毎週1冊ずつ本を読んだ。

 挑戰長文

今日は授業で読書の話をした。まず5人ずつのグループで話をして、それから、みんなで話をした。10人中1人が1週間に1冊くらい本を読むと言った。私と同じグループにいた林さんは読書家で、1週間に2冊は読むと言った。私はほとんど読まない。ちょっと恥ずかしかった。

37 存在句型

主書 P.226-231

照著做就對了

37.MP3

在地下一樓有食物賣場。	地下1階に食料品売場があります。
在鄉下有奶奶。	田舎に祖母がいる。

▶ 在庭院裡有貓咪。　　　　　▶ 庭に猫がいます。
▶ 在2樓有接待處。　　　　　▶ 二階に受付があります。
▶ 在停車場有貨車。　　　　　▶ 駐車場にトラックがあります。
▶ 在禮堂內有校長。　　　　　▶ 講堂に校長先生がいます。

食物賣場在地下一樓。	食料品売場は地下1階にあります。
奶奶在鄉下。	祖母は田舎にいる。

▶ 雞蛋在冰箱。　　　　　　　▶ 卵は冷蔵庫にあります。
▶ 入口在那邊。　　　　　　　▶ 入口はあっちにあります。
▶ 叔叔在名古屋。　　　　　　▶ おじは名古屋にいます。
▶ 那隻鳥在非洲。　　　　　　▶ その鳥はアフリカにいます。

在郊外有很多樹。	郊外には木がたくさんあります。
房間裡有4位大人和2位小孩。	部屋に大人が4人、子供が2人いる。

▶ 在日本有很多粉絲。　　　　▶ 日本にファンが大勢いる。
▶ 在辦公室裡有兩個菸灰缸。　▶ 事務所に灰皿が二つある。
▶ 在動物園裡只有一隻獅子。　▶ 動物園にライオンが1匹だけいる。
▶ 在這裡有七個信封。　　　　▶ ここに封筒が7枚ある。

森本先生後方有森本先生的夫人 （森本夫人在森本先生的後面）。	森本さんの後ろに森本さんの奥さんがいます。
大使館在文化會館左邊。	大使館は文化会館の左にある。

▶ 中川小姐的旁邊有中川小姐的丈夫　▶ 中川さんのそばに中川さんのご主人がい
　（中川小姐的丈夫在中川小姐的旁　　る。
　邊）。
▶ 車站的附近有報社。　　　　▶ 駅の近くに新聞社がある。
▶ 老虎的旁邊有長頸鹿。　　　▶ トラの横にキリンがいる。

▶ 教室的角落有垃圾桶。　　　　　　　▶ 教室の隅にゴミ箱がある。
▶ 那座山在這張地圖的正中間。　　　　▶ その山はこの地図の真ん中にあります。
▶ 那隻蟲在葉子的表面上。　　　　　　▶ その虫は葉の表にいます。
▶ 辻先生在書櫃的對面。　　　　　　　▶ 辻さんは本棚の向こうにいます。
▶ 底片在抽屜的裡面。　　　　　　　　▶ フィルムは引き出しの中にあります。

 挑戰長文

駅の前にデパートがあります。私はよくそのデパートで買い物をします。デパートの隣に新聞社があります。新聞社の裏に動物園があります。私は天気のいい日に、時々子供とその動物園に行きます。子供はライオンが大好きです。その動物園の駐車場は入口の近くにあります。

38 表示授受關係的句型

主書 P.232-240

 照著做就對了

38.MP3

太郎給花子花瓶了。　　　　　　　　太郎は花子に花瓶をあげました。
花子從太郎那裡收到花瓶了。　　　　花子は太郎に花瓶をもらいました。
花子從太郎那裡收到花瓶了。　　　　花子は太郎から花瓶をもらいました。

▶ 社長給（他的）女兒草本茶了。　　　▶ 社長はお嬢さんにハーブティーをあげました。
▶ 老師給留學生水果了。　　　　　　　▶ 先生は留学生に果物をあげました。
▶ 客人給服務生小費了。　　　　　　　▶ お客さんはウェイトレスにチップをあげました。

▶ 社長的千金從社長那邊得到草本茶　　▶ 社長のお嬢さんは社長にハーブティーをも
　了。（社長給社長的千金草本茶了。）　　　らいました。
▶ 留學生從老師那邊得到水果了。　　　▶ 留学生は先生に果物をもらいました。
　（老師給留學生水果了。）
▶ 服務生從客人那邊得到小費了。　　　▶ ウェイトレスはお客さんにチップをもらい
　（客人給服務生水果了。）　　　　　　　ました。

從學校那邊收到了連絡。　　　　　　学校から連絡をもらいました。
從公司那邊收到了文件。　　　　　　会社から書類をもらった。

我將會給你月曆。　　　　　　　　　私はあなたにカレンダーをあげます。
你給我外套了。　　　　　　　　　　あなたは私にコートをくれた。

▶ 你給佐佐木先生襯衫了。 ▶ あなたは佐々木さんにシャツをあげた。
▶ 佐藤先生給我鏡子了。 ▶ 佐藤さんは私に鏡をくれた。
▶ 我給你伴手禮了。 ▶ 私はあなたにお土産をあげた。
▶ 中村先生給你賀禮了。 ▶ 中村さんはあなたにお祝いをくれた。
▶ 我給小林先生手套了。 ▶ 私は小林さんに手袋をあげた。
▶ 你給我探病的禮品了。 ▶ あなたは私にお見舞いをくれた。

你給姊姊戒指了。 あなたは姉に指輪をくれました。
姊姊給你鋼筆了。 姉はあなたに万年筆をあげた。

▶ 妹妹給你日式點心了。 ▶ 妹はあなたにお菓子をあげました。
▶ 你給弟弟包包了。 ▶ あなたは弟にかばんをくれました。
▶ 哥哥給你錢包了。 ▶ 兄はあなたに財布をあげました。
▶ 你贈送我爺爺領帶了。 ▶ あなたは祖父にネクタイをくれました。

朋友給老師明信片了。 友達は先生に葉書をあげました。
校長先生給工藤小弟時鐘了。 校長先生は工藤君に時計をくれた。

我敬贈老師糖果了。 私は先生にあめを差し上げました。
我給兒子零用錢了。 私は息子にお小遣いをやった。

▶ 我給貓咪魚了。 ▶ 私は猫に魚をやりました。
▶ 我敬贈社長茶了。 ▶ 私は社長にお茶を差し上げました。
▶ 我給花水了。（我澆花了） ▶ 私は花に水をやりました。
▶ 我呈贈客人說明書了。 ▶ 私はお客様に案内書を差し上げました。

我從老師那邊得到字典了。 私は先生に辞書をいただきました。
我從朋友那邊收到郵票了。 私は友達に切手をもらった。

▶ 我從部長那邊得到汽車了。 ▶ 私は部長に自動車をいただきました。
▶ 我從朋友那邊得到聖誕節卡片了。 ▶ 私は友達にクリスマスカードをもらいました。
▶ 我從孫子那邊得到信了。 ▶ 私は孫に手紙をもらいました。
▶ 我從校長先生那邊得到了好的建議。 ▶ 私は校長先生にいいアドバイスをいただきました。

前輩的父親給我日本人偶了。 先輩のお父様が私に人形をくださいました。
後輩給我蛋糕了。 後輩が私にケーキをくれた。

▶ 朋友的母親給我碗了。
▶ 表哥給我香菸了。
▶ 課長給我書桌了。
▶ 女兒給我筷子了。

▶ 友達のお母様が私にお茶碗をくださいました。
▶ いとこが私にたばこをくれました。
▶ 課長が私に机をくださいました。
▶ 娘が私にお箸をくれました。

 挑戰長文

私のクラスの先生は生徒の誕生日に必ずプレゼントをくださる。私も先生にプレゼントをいただいた。小さなかわいい鏡だった。友達も色々なプレゼントをくれた。今日は先生のお誕生日だ。私達は少しずつお金を出してプレゼントを買って、先生に差し上げた。

39 自動詞與他動詞

主書 P.241-244

 照著做就對了

39.MP3

樹枝斷了。	木の枝が折れた。
折斷樹枝了。	木の枝を折った。
旅遊的行程定下來了。	旅行の予定が決まりました。
旅遊的行程決定好了。	旅行の予定を決めました。
牛肉的進口開始了。	牛肉の輸入が始まった。
開始進口牛肉了。	牛肉の輸入を始めた。
（電）燈沒了。	電気が消えました。
把（電）燈關掉了。	電気を消しました。

 挑戰長文

松本さんはとても変わりました。松本さんは昔はいつもお酒ばかり飲んで、よく物を投げました。酔って壊した物もたくさんあります。パソコンも松本さんが投げて壊れました。そんな松本さんが、今はお酒を全然飲みません。松本さんは「自分の気持ちが一番大事だ。変えれば変わる。」と言いました。

40 前接名詞的句型

主書 P.248-260

 照著做就對了

40.MP3

想要星沙。 　　　　　星の砂が欲しいです。

想要一個可以放在這裡的櫃子。	ここに置ける棚が欲しい。

▶ 想要使用日語的機會。	▶ 日本語を使う機会が欲しいです。
▶ 想要有適合房間概念的窗簾。	▶ 部屋のイメージに合うカーテンが欲しいです。
▶ 想要美味的藍莓果醬。	▶ おいしいブルーベリージャムが欲しいです。

吃飯前洗手。	食事の前に手を洗います。
1個月前戒菸了。	1ヶ月前にたばこをやめた。

▶ 上課前預習。	▶ 授業の前に予習をする。
▶ 3年前開了這間店。	▶ 3年前にこの店を開いた。
▶ 2個禮拜前來到了首爾。	▶ 2週間前にソウルに来た。
▶ 吃早餐前走路1小時。	▶ 朝御飯の前に1時間歩く。

比賽後從選手那邊得到簽名了。	試合の後で選手にサインをもらいました。
事故後馬上跟警察連絡了。	事故の後で、すぐに警察に連絡した。

▶ 展覽會後舉辦了派對。	▶ 展覧会の後で、パーティーをしました。
▶ 午餐時間後稍微散步了。	▶ 昼休みの後で、少し散歩をしました。
▶ 那個節目（結束）後播放了天氣預報。	▶ その番組の後で、天気予報が放送されました。

都市瓦斯比空氣輕。	都市ガスは空気より軽いです。
日本的人口比韓國多。	日本は韓国より人口が多い。

▶ 哥哥的牛排比我的牛排厚。	▶ 兄のステーキは私のステーキより厚いです。
▶ 今年的題目比去年的題目困難。	▶ 今年の問題は去年の問題より難しいです。
▶ 地理比歷史擅長。	▶ 地理は歴史より得意です。

與工作比，家庭更重要。	仕事より家庭の方が大切です。
與東京料理比，大阪料理的味道更淡。	東京の料理より大阪の料理の方が味が薄い。

▶ 比起熱，更討厭冷。	▶ 暑さより寒さの方が嫌いだ。
▶ 比起子女，父母更熱心。	▶ 子供より親の方が熱心だ。
▶ 比起會話，文法更簡單。	▶ 会話より文法の方が易しい。

縱（排）和橫（排）比，哪一邊比較長？	縦と横とどちらが長いですか。
我跟那個人相比，誰更重要？	私とその人とどっちが大事？

▶ 茶跟紅茶，比較喜歡哪一個？

▶ 4號跟8號，哪一天比較方便？

▶ 這間旅館與這間飯店，哪一間比較
便宜？

▶ お茶と紅茶とどちらが好きですか。

▶ 4日と8日とどちらが都合がいいですか。

▶ この旅館とこのホテルとどちらが安いです
か。

縱的一方更長。
你更重要。

縦の方が長いです。
君の方がずっと大事だよ。

▶ 比較喜歡紅茶。

▶ 8號比較方便。

▶ 這間旅館比較便宜。

▶ 紅茶の方が好きです。

▶ 8日の方が都合がいいです。

▶ この旅館の方が安いです。

清水先生沒有像山崎先生那麼善良。（清
水先生的善良程度沒有到山崎先生那樣）
在日本，東洋醫學並沒有像西洋醫學那
樣地受歡迎。

清水さんは山崎さんほど優しくないです。

日本では東洋医学は西洋医学ほど人気がな
い。

▶ 日本房子的大門不像韓國房子的大
門那麼大。

▶ 這裡不像首爾那樣繁榮。

▶ 日本的網路購物不像韓國那麼盛
行。

▶ 日本の家の門は韓国の家の門ほど大きくな
い。

▶ ここはソウルほど賑やかじゃない。ここは
ソウルほど賑やかではない。

▶ 日本のネットショッピングは韓国ほど盛ん
じゃない。／日本のネットショッピングは
韓国ほど盛んではない。

家人之中，弟弟個子最高。
藍色、綠色、黃色之中，最喜歡綠色。
弟弟是家人中個子最高的。

家族の中で弟が一番背が高いです。
青と緑と黄色の中で、緑が一番好きだ。
弟は家族の中で一番背が高いです。

▶ 學習（的科目）中，最不擅長的是
數學。

▶ 女孩子之中，以長谷川小姐最吵。

▶ 世界的湖泊中，以貝加爾湖最深。

▶ 勉強の中で数学が一番苦手だ。

▶ 女の子の中で長谷川さんが一番うるさい。

▶ 世界の湖の中でバイカル湖が一番深い。

我（決定）要咖啡。
顏色決定為褐色了。

私はコーヒーにします。
色は茶色にした。

▶ 出發（時間）就決定訂在後天吧！

▶ 出発は明後日にしよう。

▶ 集合地點決定在車站吧！　　　　　▶ 集まる場所は駅にしよう。
▶ 禮物就選盤子吧！　　　　　　　　▶ 贈り物はお皿にしよう。

為了和平而祈禱。　　　　　　　　　平和のために祈ります。
「給愛麗絲」是世界名曲。　　　　　「エリーゼのために」は有名な曲だ。

▶ 為了健康而早起。　　　　　　　　▶ 健康のために朝早く起きます。
▶ 為了家人而工作。　　　　　　　　▶ 家族のために働きます。
▶ 為了留學生而開派對。　　　　　　▶ 留学生のためにパーティーを開きます。

他是有男人的樣子（男人味）的人。　彼は男らしい人です。
這個真像她會做的打扮。　　　　　　それは彼女らしい格好だった。

▶ 原先生的夫人是個女人味十足的人。▶ 原さんの奥さんは女らしい方だ。
▶ 那是孩子氣的想法。　　　　　　　▶ それは子供らしい考えだ。
▶ 井上老師是很有老師樣的老師。　　▶ 井上先生は先生らしい先生だ。

白雪公主的肌膚白皙如雪。　　　　　白雪姫の肌は雪のようです。
這裡的風景如畫。　　　　　　　　　ここの景色はまるで絵のようだ。

▶ 那段論述跟小說（的劇情）一般。　▶ その話はまるで小説のようです。
▶ 今天寒冷如冬。　　　　　　　　　▶ 今日の寒さはまるで冬のようです。
▶ 那陣騷動宛如戰爭。　　　　　　　▶ その騒ぎはまるで戦争のようです。

發出很大的響聲。　　　　　　　　　大きな音がしました。
傳來烤肉的味道。　　　　　　　　　肉を焼くにおいがする。

▶ 傳來了奶奶的聲音。　　　　　　　▶ 祖母の声がした。
▶ 傳出了奇怪的味道。　　　　　　　▶ 変な味がした。

 挑戰長文

来年、僕もとうとう結婚する。今、結婚の準備で忙しい。結婚の準備にお金がかかる。こんなにお金がかかると思わなかった。結婚の前に特別ボーナスが欲しいと思う。新婚旅行はカナダにした。彼女はスキーが好きなので、彼女のために、カナダでスキー場に行く。僕もスキーができるが、彼女の方が上手だ。それに、僕は彼女ほどスキーが好きじゃない。

41 前接形容動詞、形容詞的句型

主書 P.261-263

41.MP3

照著做就對了

這個湯看起來很燙。	このスープは熱そうです。
攀岩運動看起來很危險。	ロッククライミングは危険そうだ。

▶ 那位學生看起來很認真。	▶ その学生はまじめそうです。
▶ 那個日式點心看起來很甜。	▶ このお菓子は甘そうです。
▶ 那個行李看起來很重。	▶ その荷物は重そうです。
▶ 那個人看起來很悠閒。	▶ あの人は暇そうです。

這位播報員看起來好像不太年輕。	このアナウンサーはあまり若くなさそうです。
那位店員看起來好像不親切。	その店員は親切じゃなさそうだ。

▶ 那間店看起來不忙碌。	▶ そのお店は忙しくなさそうだ。
▶ 這個工具看起來不便利。	▶ この道具は便利じゃなさそうだ。
	この道具は便利ではなさそうだ。
▶ 出席者看起來不多。	▶ 出席者は多くなさそうだ。
▶ 飯量看起來不足。	▶ 御飯の量は十分じゃなさそうだ。
	御飯の量は十分ではなさそうだ。

 挑戰長文

レストランや食堂の前に食品サンプルがあります。食品サンプルを見れば、どんな料理かがすぐわかります。本物そっくりで、とてもおいしそうな物もありますが、全然おいしくなさそうな物もあります。食品サンプルを作る仕事も面白そうです。

42 可接名詞和形容詞的句型

主書 P.264-276

42.MP3

照著做就對了

突然變得需要錢了。	急にお金が必要になりました。
到了晚上，外面就變黑了。	夜になって、外が暗くなった。

▶ 早起變成了習慣。	▶ 早起きが習慣になった。

▶ 臉變圓了。
▶ 顔が丸くなった。

▶ 轉乘變得不方便了。
▶ 乗り換えが不便になった。

▶ 水變溫了。
▶ お湯がぬるくなった。

▶ 表哥20歲了。
▶ いとこが二十歳[はたち]になった。
いとこが二十歳[にじゅっさい]になった。

▶ 車站建築物變好看了。
▶ 駅の建物が立派になった。

讓書可以自由借閱了。
本の利用を自由にしました。

這個牙膏能讓牙齒變白。
この歯磨きは歯を白くする。

▶ 將飲料冰一下。
▶ 飲み物を冷たくします。

▶ 讓河川變乾淨。
▶ 川をきれいにします。

▶ 讓兒子當警察。
▶ 息子を警官にします。

▶ 讓問題變複雜。
▶ 問題を複雑にします。

▶ 將那件事拍成連續劇。
▶ その話をドラマにします。

▶ 讓腿變細。
▶ 足を細くします。

這封信的內文（文章段落）過於恭敬。
この手紙の文章は丁寧すぎます。

父母親的想法過於迂腐。
両親は考えが古すぎる。

▶ 這間房間太窄了。
▶ この部屋は狭すぎます。

▶ 那個人太年幼了。
▶ その人は子供すぎます。

▶ 這場比賽太危險了。
▶ この試合は危険すぎます。

▶ 我的手臂太粗了。
▶ 私の腕は太すぎます。

▶ 100名學生太過大量了。
▶ 学生100人は大勢すぎます。

▶ 這個問題太簡單了。
▶ この問題は簡単すぎます。

即使是漫畫，也有一些對讀書是有益的。
漫画でも勉強に役に立つ物もあります。

就算字跡潦草難看，能讀就行了。
字は汚くても読めればいい。

▶ 摩托車即使在白天也要開著車燈。
▶ オートバイは昼間でもライトをつける。

▶ 郷村生活即使不便，卻很安靜，所以很好。
▶ 田舎の生活は不便でも静かでいい。

▶ 即使個頭小，力氣卻很大。
▶ 体は小さくても力は強い。

▶ 即使說起來口若懸河，做起事卻截然不同。
▶ 言う事は立派でもやる事は全然違う。

▶ 日本是既近又遠的國家。
▶ 日本は近くても遠い国だ。

▶ 這道門即使是用男人的力量也打不開。
▶ このドアは男の人の力でも開かない。

即使是漫畫，也有一些事對讀書有益的。	漫画だって勉強に役に立つ物もあります。
就算字跡潦草難看，能讀就行了。	字は汚くたって読めればいい。

因為不是重病，所以放心了。	重い病気じゃなくて、安心しました。
因為那部恐怖電影不可怕，因此感到很無聊。	そのホラー映画は怖くなくて、面白くなかった。

- ▶ 畢業典禮不是20號，而是21號。
- ▶ 公園的廁所不乾淨，所以不喜歡用。
- ▶ 這啤酒不苦，所以好喝。
- ▶ 昨天晚上不眠，所以完全沒睡。
- ▶ 我的工作不是進口管理，而是出口管理。
- ▶ 因為女兒的身體不健康，所以很擔心。

- ▶ 卒業式は20日じゃなくて、21日です。
- ▶ 公園のトイレはきれいじゃなくて、嫌です。
- ▶ このビールは苦くなくて、おいしいです。
- ▶ 夕べは眠くなくて、全然寝ませんでした。
- ▶ 私の仕事は輸入管理じゃなくて、輸出管理です。
- ▶ 娘は体が丈夫じゃなくて、心配です。

30%的成員一定要是女性才行。	メンバーの30%は女性でなければなりません。
讀書一定要有趣才行。	勉強は面白くなくてはいけない。

- ▶ 擔保人一定要是日本人才行。
- ▶ 保証人は日本人でなければならない。
  保証人は日本人でなくてはならない。

- ▶ 食物一定要安全才行。
- ▶ 食べ物は安全でなければならない。
  食べ物は安全でなくてはならない。

- ▶ 飛行員的眼睛一定要好才行。
- ▶ パイロットは目がよくなければならない。
  パイロットは目がよくなくてはならない。

- ▶ 睡眠時間一定要超過6小時才行。
- ▶ 睡眠時間は6時間以上でなければいけません。
  睡眠時間は6時間以上でなくてはいけません。

- ▶ 運動選手的身體一定要結實才行。
- ▶ スポーツ選手は体が丈夫でなければいけません。
  スポーツ選手は体が丈夫でなくてはいけません。

- ▶ 老人家的房間一定要暖和才行。
- ▶ お年寄りの部屋は暖かくなければいけません。
  お年寄りの部屋は暖かくなくてはいけません。

30%的成員一定要是女性才行。	メンバーの30%は女性でなきゃなりません。
讀書一定要有趣才行。	勉強は面白くなくちゃいけない。
食物一定要安全（才行）。	食べ物は安全じゃなきゃ。
老人的房間一定要溫暖（才行）。	お年寄りの部屋は暖かくなくちゃ。

好久不見的朋友還是老樣子。	久しぶりに会った友達は昔のままでした。

一直沒接到原田先生的聯繫。

原田さんからはずっと連絡がないままだ。

▶ 月曆仍舊是1月的沒變。
▶ 那裡一直到現在仍然還是不便。
▶ 鞋子仍舊是新的。
▶ 杯子內的水還是熱的。
▶ 氣溫仍還是在零下。
▶ 這條河川的水仍然很乾淨。

▶ カレンダーが1月のままだ。
▶ そこは今も不便なままだ。
▶ 靴がまだ新しいままだ。
▶ カップのお湯は熱いままだ。
▶ 気温はマイナスのままだ。
▶ この川の水はきれいなままだ。

奶奶的起床時間有時是5點，有時是8點。
這個季節忽冷忽熱。

祖母は起きる時間が5時だったり8時だったりします。
この季節は暑かったり寒かったりする。

▶ 打工學生有男孩子也有女孩子。
打工學生有時是男孩子，有時是女孩子。
▶ 現在做的工作有時悠哉，有時忙碌。
▶ 我的成績時好時壞。
▶ 樓上鄰居有時吵鬧，有時安靜。
▶ 飯量有時多，有時少。
▶ 做料理的人有時是母親，有時是父親。

▶ アルバイトの学生は男の子だったり女の子だったりします。

▶ 今の仕事は暇だったり忙しかったりします。
▶ 私の成績はよかったり悪かったりします。
▶ 上の家は賑やかだったり静かだったりします。
▶ 御飯の量が多かったり少なかったりします。
▶ 料理をする人はお母さんだったりお父さんだったりします。

 挑戰長文

私は今年、二十歳になった。でも、背が低すぎるために、よく中学生と間違われる。私の友達は背が高すぎるために、彼氏がなかなかできない。背は高くても低くてもあまりよくない。

43 連接動詞的句型 – 否定形

主書 P.278-291

 照著做就對了

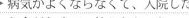
43.MP3

因為鬧鐘沒響，所以睡過頭了。
池田先生沒來，而橋本先生來了。

目覚まし時計が鳴らなくて、寝坊しました。
池田さんは来なくて、橋本さんは来た。

▶ 因為病情沒有好轉，所以住院了。
▶ 因為沒有錢，所以付不出來。

▶ 病気がよくならなくて、入院した。
▶ お金がなくて、払えなかった。

► 因為看不到投影布幕，所以感到困擾。　► スクリーンが見えなくて困った。
► 這台個人電腦沒有故障，真好。　► このパソコンは故障しなくていい。

我這道料理不使用雞肉，而是使用豬肉。　私はこの料理に鳥肉を使わないで、豚肉を使います。
我沒吃早餐就來了。　朝御飯を食べないで来ました。

► 這件工作沒有委託給山下先生，而是委託給石川先生。　► この仕事は山下さんに頼まないで、石川さんに頼みました。
► 沒戴眼鏡，而是戴了隱形眼鏡。　► 眼鏡をかけないで、コンタクトをしました。
► 沒戴帽子，而打了高爾夫球。　► 帽子をかぶらないで、ゴルフをしました。
► 推辭不了，所以吃了很多。　► 遠慮しないで、たくさん食べました。

沒順道繞去其它地方就回家了。　どこにも寄らずに帰りました。
昨天沒淋浴就睡了。　夕べはシャワーを浴びずに寝た。

► 在不影響照片的品質下放大。　► 写真の質を落とさずに拡大する。
► 沒撐傘走在雨中。　► 雨の中を、傘をささずに歩く。
► 沒有先約就去朋友家。　► 約束せずに友達のうちに行く。

請不要在牆上貼海報。　壁にポスターを貼らないでください。
請不要欺負中島先生。　中島さんをいじめないで。

► 請不要嚇成那樣。　► そんなに驚かないでください。
► 請不要擔心。　► 心配をかけないでください。
► 請不要到旁邊來。　► そばに来ないでください。

晚上最好不要經過這條路。　この道は夜通らない方がいいです。
黃金週連假期間最好別來日光。　ゴールデンウィークの日光には来ない方がいい。

► 最好不要摸這隻蟲子。　► この虫を触らない方がいい。
► 最好不要辭掉工作。　► 仕事を辞めない方がいい。
► 這次的喝酒聚會最好不要參加。　► 今度の飲み会には出席しない方がいい。

今天不打算回家。　今日はうちに帰らないつもりです。
不打算跟別人比較。　ほかの人と比べないつもりだ。

► 打算以後不抽菸了。　　　　　　► これからは、たばこを吸わないつもりです。
► 打算這禮拜天不出門了。　　　　► 今度の日曜日は出掛けないつもりです。
► 打算不叫女兒做事了。　　　　　► 娘には仕事をさせないつもりです。

要母親別一大早就弄醒我（為了不要一　母に朝早く起こさないように頼みました。
大早就被弄醒而拜託母親了）。
被提醒了不要遲到（為了不要我遲到，　遅れないように言われた。
有人提醒了）。

► 被別人提醒不要再變胖了　　　　► これ以上太らないように注意された。
► 祈禱比賽不要輸掉。　　　　　　► 試合に負けないように祈った。
► 轉達下週不要來上課。　　　　　► 来週は授業に来ないように伝えた。

昨天已努力避免喝太多了。　　　　　昨日は飲みすぎないようにしました。
明天起努力不要看電視。　　　　　　明日からなるべくテレビを見ないようにする。

► 在電車上盡力不坐下　　　　　　► 電車ではなるべく座らないようにします。
► 盡可能不要吃甜食。　　　　　　► 甘い物はなるべく食べないようにします。
► 感到睏時盡可能地不要開車。　　► 眠い時は運転しないようにします。

最近變得不爬山了。　　　　　　　　この頃、山に登らないようになりました。
小金變得不會用錯日文了。　　　　　キムさんは日本語を間違えないようになった。

► 藤田先生變得不太會生氣了。　　► 藤田さんはずいぶん怒らないようになった。
► 耳朵變得聽不太到了。　　　　　► 耳がよく聞こえないようになった。
► 兒子變得不打電動了。　　　　　► 息子はゲームをしないようになった。

最近變得不爬山了。　　　　　　　　この頃、山に登らなくなりました。
小金變得不會用錯日文了。　　　　　キムさんは日本語を間違えなくなった。

► 藤田先生變得不太會生氣了。　　► 藤田さんはずいぶん怒らなくなりました。
► 耳朵變得聽不太到了。　　　　　► 耳がよく聞こえなくなりました。
► 兒子變得不打電動了。　　　　　► 息子はゲームをしなくなりました。

曾有過用錢無法解決的事。　　　　　お金で済まないことがあります。
曾有過星期六不在家的時候。　　　　土曜日はうちにいないことがある。

▶ 這堂課有時不點名。　　　　　　　▶ この講義は出席を取らないことがある。
▶ 這房子的電燈常常會打不開。　　　▶ この部屋の電気は時々つかないことがある。
▶ 我有時不打掃家裡。　　　　　　　▶ 私は家の掃除をしないことがある。

不需要便當了。　　　　　　　　　　お弁当が要らないことになりました。
這裡不會有水庫了。　　　　　　　　ここにダムができないことになった。

▶ （因外力因素而）變成不動手術了。　▶ 手術を行わないことになりました。
▶ （因外力因素而）兩人不分手了。　　▶ 二人は別れないことになりました。
▶ （因外力因素而）石井先生不來了。　▶ 石井さんは来ないことになりました。

我決定在家裡不穿襪子了。　　　　　うちでは靴下を履かないことにしました。
我決定往後不逃避討厭的事了。　　　これからは嫌なことから逃げないことにした。

▶ 我決定不偷別人的東西。　　　　　▶ 人の物は盗まないことにする。
▶ 我決定不更換部落格的設計。　　　▶ ブログのデザインを変えないことにする。
▶ 我決定不反對課長的意見。　　　　▶ 課長の意見に反対しないことにする。

這暖爐沒修理好也沒關係。　　　　　このストーブは直らなくてもいいです。
不會說西班牙語也沒關係。　　　　　スペイン語はできなくても構わない。

▶ 即使不包禮金去也可以。　　　　　▶ お金を包まなくてもいいです。
　即使不包禮金去也沒關係。　　　　　お金を包まなくても構いません。
▶ 即使不穿西裝也可以。　　　　　　▶ スーツを着なくてもいいです。
　即使不穿西裝也沒關係。　　　　　　スーツを着なくても構いません。
▶ 即使不到辦公室來也行。　　　　　▶ 事務所まで来なくてもいいです。
　即使不到辦公室來也沒關係　　　　　事務所まで来なくても構いません。

這暖爐沒修理好也沒關係。　　　　　このストーブは直らなくたっていいです。
不會說西班牙語也沒關係。　　　　　スペイン語はできなくたって構わない。

明天前一定要繳房租才行。　　　　　明日までに部屋代を払わなければなりません。
狀態不好時一定要稍作休息才行。　　調子が悪い時は少し休まなくてはいけない。

▶ 去巴西時一定要取得簽證才行。　　▶ ブラジルに行く時は、ビザを取らなければ
　　　　　　　　　　　　　　　　　　ならない。／ブラジルに行く時は、ビザを
　　　　　　　　　　　　　　　　　　取らなくてはならない。

▶ 在下一站一定要改搭地鐵才行。	▶ 次の駅で地下鉄に乗り換えなければならない。 　　次の駅で地下鉄に乗り換えなくてはならない。
▶ 下下個月一定要到這裡來才行。	▶ 再来月またここに来なければならない。 　　再来月またここに来なくてはならない。
▶ 差不多該回家了。	▶ そろそろ帰らなければいけません。 　　そろそろ帰らなくてはいけません。
▶ 明天一定要在五點起床才行。	▶ 明日は5時に起きなければいけません。 　　明日は5時に起きなくてはいけません。
▶ 一定要親切地對待老人家才行。	▶ お年寄りには親切にしなければいけません。 　　お年寄りには親切にしなくてはいけません。

 挑戰長文

最近は、約束をしないで友達の家に行く子供はほとんどいません。小学生と中学生の90％が、「約束をせずに友達の家に行かない方がいい」と答えました。私は約束をしなくてもいいと思いますが、私と同じ考えの人はあまりいません。これからは、約束をせずに誰かの家に行かないようにします。

44 連接動詞的句型 – 使役形

主書 P.292-294

 照著做就對了

44.MP3

請讓我打一通電話。	電話を一本かけさせてください。
讓我抄一下作業。	宿題を写させて。

▶ 請讓我使用個人電腦。	▶ パソコンを使わせてください。
▶ 請讓我稍微坐一下？	▶ ちょっと腰をかけさせてください。
▶ 請讓我去日本留學。	▶ 日本に留学させてください。

我要做那個工作。	その仕事は私がやります。
→ 請讓我做那個工作。	→ その仕事は私にやらせてください。
由我決定怎麼做。	何にするか僕が決める。
→ 請讓我決定怎麼做。	→ 何にするか僕に決めさせて。

▶ 請讓我拍照。	▶ 私に写真を撮らせてください。
▶ 這次出差請讓我去。	▶ 今度の出張は私に行かせてください。
▶ 今天請讓我請吃飯。	▶ 今日は私にご馳走させてください。

挑戰長文

私は色々な所へ行って色々な人の写真をよく撮る。でも、急に「あなたの写真を撮らせてください」と言って、「はい、どうぞ」と答える人はほとんどいない。変に思う人も多いし、恥ずかしがる人も多い。だから、大変だが、いい写真が撮れた時は、本当に嬉しい。大変でもまた頑張ろうと思う。

④⑤ 連接動詞的句型 – ます形

主書 P.295-310

 照著做就對了

45.MP3

要不要跟我一起跳舞呢？	私と一緒に踊りませんか。
要不要收集郵票？	珍しい切手を集めない？
▶ 要不要學俄羅斯語呢？	▶ ロシア語を習いませんか。
▶ 要不要開燈呢？	▶ 電気をつけませんか。
▶ 要不要參加下週的派對呢？	▶ 来週のパーティーに来ませんか。
我們一起裝飾聖誕樹吧！	クリスマスツリーを飾りましょう。
我們繼續運動吧！	運動を続けよう。
▶ 用餐後去刷牙吧！	▶ 食事の後、歯を磨きましょう。
▶ 牙刷每個月更換一次吧！	▶ 歯ブラシは1ヶ月に1回取り替えましょう。
▶ 好好地照顧寵物吧！	▶ ペットの世話をきちんとしましょう。
我們去找個地方住吧！	どこに泊まりましょうか。
要幫你調查是誰做的好嗎？	誰がやったか調べようか。
▶ 我們移動一下座位好嗎？	▶ 席を移りましょうか。
▶ 這椅子我們現在丟掉好嗎？	▶ この椅子はもう捨てましょうか。
▶ 一起去散步好嗎？	▶ 一緒に散歩でもしましょうか。
▶ 拿一下鹽巴好嗎？	▶ 塩を取りましょうか。
▶ 關門好嗎？	▶ ドアを閉めましょうか。
▶ 比其他人早點來好嗎？	▶ ほかの人より早く来ましょうか。
想釣大魚。	大きい魚を釣りたいです。
想再多待在這裡一會。	もう少しここにいたい。

▶ 想跟前田先生道歉。 ▶ 前田さんに謝りたい。
▶ 想跟某個人問路。 ▶ 誰かに道を尋ねたい。
▶ 想跟老師提問。 ▶ 先生に質問したい。

他想知道她的年紀。 彼は彼女の年を知りたがりました。
小川小弟想在銀行上班。 小川君は銀行に勤めたがった。

▶ 姊姊想學茶道了。 ▶ 姉はお茶を習いたがった。
▶ 父親想蓋新房子了。 ▶ 父は新しい家を建てたがった。
▶ 哥哥想一起來了。 ▶ 兄も一緒に来たがった。

去圖書館找書了。 図書館に本を探しに行きました。
（因找書的目的去圖書館）
回來打電話了。（因打電話的目的回來） 電話をかけに戻った。

▶ 來歸還DVD了。 ▶ DVDを返しに来ました。
▶ 到車站去迎接客人了。 ▶ お客さんを迎えに駅まで行きました。
▶ 去上野公園賞花了。 ▶ 花見をしに上野公園へ行きました。

下午獨自去買東西了。 午後、一人で買い物に行きます。
（為了買東西的目的而去）
今年冬天不打算去滑雪。 今年の冬はスキーに行かないつもりだ。
（不打算為了滑雪的目的而去）

▶ 去大阪城公園賞花了。 ▶ 大阪城公園へ花見に行った。
▶ 男朋友來跟我父母問候了。 ▶ 彼が私の両親に挨拶に来た。

不會用滑雪板滑雪的方法。 ボードの滑り方がよくわかりません。
（不懂得怎麼用滑雪板滑雪）
日本人的打招呼的方法很難。 日本人の挨拶の仕方は難しい。

▶ 記住了操作收銀機的方法。 ▶ レジの打ち方を覚えました。
▶ 學了醃泡菜的方法。 ▶ キムチの漬け方を習いました。
▶ 改變了用餐的方法。 ▶ 食事の仕方を変えました。

不在房間時請關掉燈。 部屋にいない時は電気を消しなさい。
請回答問題。 質問に答えなさい。

▶ 請撿垃圾。 ▶ ごみを拾いなさい。
▶ 請到這裡來。 ▶ こっちに来なさい。
▶ 請再早一點聯絡。 ▶ もっと早く連絡しなさい。

學校英文教育開始改變了。 学校の英語教育が変わり始めました。
終於開始習慣在泰國的生活了。 タイでの生活にもやっと慣れ始めた。

▶ 櫻花開始開花了。 ▶ 桜が咲き始めた。
▶ 星星漸漸地開始看得到了。 ▶ 段々、星が見え始めた。
▶ 開始準備會議用的文件了。 ▶ 会議の書類を準備し始めた。

那孩子忽然開始哭了。 その子は急に泣き出しました。
房子突然開始劇烈晃動了。 突然、家が大きく揺れ出した。

▶ 石頭開始發光了。 ▶ 石が光り出しました。
▶ 那棵樹開始緩緩地倒下了。 ▶ その木はゆっくりと倒れ出しました。
▶ 兒子開始意識到女孩子了。 ▶ 息子が女の子を意識し出しました。

搬家的行李全部搬完了。 引っ越しの荷物を全部運び終わりました。
所有不認識的單字都查完了。 分からない単語を調べ終わった。

▶ 作文寫完了。 ▶ 作文を書き終わった。
▶ 飯都吃完了。 ▶ 御飯を食べ終わった。
▶ 衣服洗好了。 ▶ 洗濯し終わった。

儘管如此地球也持續轉動。 それでも、地球は回り続けます。
他什麼話也沒說，繼續排列骨牌。 彼は何も言わずにドミノを並べ続けた。

▶ 那隻貓咪持續地叫了。 ▶ その猫はずっと鳴き続けました。
▶ 建築物持續地增多了。 ▶ 建物が増え続けました。
▶ 岡田先生持續地研究了狂牛病。 ▶ 岡田さんはBSEの研究をし続けました。

後藤先生容易亢奮。 後藤さんは熱くなりやすいです。
最近不知道為什麼很容易疲倦。 最近、どうも疲れやすい。

▶ 日本酒容易在口中留下味道。 ▶ 日本酒はにおいが残りやすい。
▶ 這台機器容易故障。 ▶ この機械は壊れやすい。

▶ 這間咖啡店常會有客人造訪。	▶ この喫茶店はお客さんが来やすい。

夏季感冒難痊癒。
這個玻璃不易碎，所以安全。

夏風邪は治りにくいです。
このガラスは割れにくいので、安全だ。

▶ 溼掉的泳裝難脫。
▶ 這間廁所不太會變髒。
▶ 這個製造商的產品不容易壞掉。

▶ 濡れた水着は脱ぎにくい。
▶ このトイレは汚れにくい。
▶ このメーカーの製品は故障しにくい。

我們一邊喝茶一邊談吧！
足球選手必須一邊思考一邊奔跑才行！

お茶でも飲みながら話をしましょう。
サッカー選手は考えながら走らなければならない。

▶ 一邊唱歌一邊走路。
▶ 一邊養育小孩　邊工作。
▶ 一邊打工一邊上日語學校。

▶ 歌を歌いながら歩きます。
▶ 子供を育てながら働きます。
▶ バイトをしながら日本語学校に通います。

日本的審判會花太多時間。
肉烤過頭了。

日本の裁判は時間がかかりすぎます。
お肉が焼けすぎた。

▶ 昨天喝過頭了。
▶ 沾太多醬油了。
▶ 邀請太多客人了。

▶ 昨日、飲みすぎた。
▶ おしょうゆをつけすぎた。
▶ お客さんを招待しすぎた。

人太多，看起來菜餚好像馬上就要沒了。
蠟燭好像要熄了。

人が多すぎて、料理がすぐに無くなりそうです。
ろうそくの火が消えそうだ。

▶ 村上先生與近藤先生好像合得來。
▶ 那個工作好像很累。
▶ 颱風好像朝這裡來。

▶ 村上さんと近藤さんは気が合いそうです。
▶ その仕事は疲れそうです。
▶ 台風がこちらの方に来そうです。

 挑戰長文

私は18歳の時にはじめてボードの滑り方を習いました。ボードがとても楽しくて、毎年、冬になると週末はいつもスキー場に行きます。最近は、スキー場は滑りやすすぎて、あまり面白くなくなったので、スキー場の外で滑りはじめました。でも、先週、山で自分のいる場所が分からなくなって、下まで下りられなくなりました。雪も降り出しました。とても怖かったです。それでも、これからもボードは続けたいです。

46 連接動詞的句型－辭書形

主書 P.311-320

照著做就對了

46.MP3

制定計畫前再好好打聽清楚吧！	旅行の計画を立てる前に、もっとよく調べましょう。
天色變黑前回家。	暗くなる前に帰りなさい。

▶ 抵達車站前打了電話。 ／ ▶ 駅に着く前に電話をかけた。
▶ 能在天色變黑前回家。 ／ ▶ 日が暮れる前にうちに帰れた。
▶ 畢業前跟朋友去旅行。 ／ ▶ 卒業する前に友達と旅行に行った。

那台腳踏車我打算不要扔掉，修理一下。	その自転車は捨てないで直すつもりです。
我打算在院子裡種一棵新的樹。	庭に新しい木を一本植えるつもりだ。

▶ 打算穿高跟鞋。 ／ ▶ ハイヒールを履くつもりです。
▶ 打算在夏天來臨前瘦下來。 ／ ▶ 夏までにやせるつもりです。
▶ 打算跟內人一起過來。 ／ ▶ 家内と一緒に来るつもりです。

我不打算修理那台腳踏車。	その自転車は直さないつもりだ。
我沒有修理那台腳踏車的意思。	その自転車は直すつもりはない。

我可以想起兩歲左右發生的事。	私は2歳の頃のことを思い出すことができます。
吃了這個藥的話，可以輕鬆減重。	この薬を飲めば、簡単にやせることができる。

▶ 這裡可以自由地爬上屋頂。 ／ ▶ ここは自由に屋上に上がることができる。
▶ 這趟旅程可造訪知名觀光景點。 ／ ▶ このツアーは有名な観光地を訪ねることができる。
▶ 在這裡可進行各種體驗。 ／ ▶ ここでは色々な経験をすることができる。

曾有過中午前肚子餓的時候。	お昼になる前におなかがすくことがあります。
這個遊樂器材曾經泡過水。	このアトラクションは水に濡れることがある。

▶ 曾有過內衣（內層的衣物）不見的情況。 ／ ▶ 下着が無くなることがあります。

▶ 曾有過地震將窗戶的玻璃震破的情況。

▶ 曾有過安裝軟體失敗的情況。

▶ 地震で窓ガラスが割れることがあります。

▶ ソフトのインストールを失敗することがあります。

房間與房間之間的牆壁（變得）崩塌了。

（變得）繼續打工了。

部屋と部屋の間の壁を壊すことになりました。

パートを続けることになった。

▶ （因外力因素而）變成由我來挑了禮物。

▶ （因外力因素而）變成下了山。

▶ （因外力因素而）變成坂本先生也來了。

▶ 私がプレゼントを選ぶことになった。

▶ 山を下りることになった。

▶ 坂本さんも来ることになった。

為了健康而決定每天早上跑步。

決定開始學習葡萄牙語。

健康のために、毎朝走ることにしました。

ポルトガル語の勉強を始めることにした。

▶ 我決定了要把想說的話都說清楚。

▶ 我決定了要到父親的公司去上班。

▶ 我決定了要寄宿在學校附近。

▶ 言いたいことははっきり言うことにしました。

▶ 父の会社に勤めることにしました。

▶ 学校の近くで下宿することにしました。

為了矯正發音而接受個人課程。

人為了生存而吃。

発音を直すために個人レッスンを受けました。

人は生きるために食べる。

▶ 為了充分享受旅行而周密地制定計畫。

▶ 為了迎接客人而打掃的乾乾淨淨。

▶ 為了九點前到來而搭了計程車。

▶ 旅行を十分楽しむために計画をしっかり立てた。

▶ お客さんを迎えるためにきれいに掃除した。

▶ 9時までに来るためにタクシーに乗った。

為了讓小孩子也能夠閱讀而不使用漢字。

為了隨時都能練習高爾夫球而在庭院種植了草坪。

子供でも読めるように、漢字を使いませんでした。

いつでもゴルフの練習ができるように、庭に芝生を植えた。

▶ 為了讓洗好的衣服乾而開了冷氣。

▶ 為了能生出健康的孩子而祈禱。

▶ 為了再一次確認錯誤而說了。

▶ 洗濯物が乾くようにエアコンをつけました。

▶ 元気な子が生まれるように祈りました。

▶ 間違いをもう一度確かめるように言いました。

全體一起合作，努力讓工作早點結束。	みんなで協力して、仕事が早く終わるようにしました。
盡量做得軟一點讓老人也能吃。	柔らかくして、お年寄りも食べられるようにした。

- ▶ 盡力地留下遊戲分數。
- ▶ 盡量地讓店外可以清楚看到商店內部。
- ▶ 務必盡力地儲存資料。

- ▶ ゲームのスコアが残るようにした。
- ▶ 店の中が外からよく見えるようにした。
- ▶ 必ずデータを保存するようにした。

變得可以獨自稍微動一動了。	一人で少し動けるようになりました。
我們家的貓變得會抓老鼠了。	うちの猫がネズミを捕まえるようになった。

- ▶ 在登入時變得要花時間。
- ▶ 變得也能借雜誌了。
- ▶ 那學生變得會來上課了。

- ▶ ログインに時間がかかるようになりました。
- ▶ 雑誌も借りられるようになりました。
- ▶ その生徒は授業に来るようになりました。

我去的時候店正要開門。	私が行った時、ちょうどお店が開くところでした。
正打算要走出家門。	これから家を出るところだ。

- ▶ 電影正好開始。
- ▶ 正好要下電車。
- ▶ 正打算從現在開始準備。

- ▶ ちょうど映画が始まるところだ。
- ▶ ちょうど電車を降りるところだ。
- ▶ 今から準備するところだ。

挑戰長文

私は泳ぐことができない。泳げるようになるために、プールに通うことにした。毎朝6時からのクラスで水泳を習うつもりだ。毎日、会社に行く前にプールで1時間泳ぐことになる。寝坊しないようにしなければいけないので、夜早く寝るようにするつもりだ。

47 連接動詞的句型－推量形

主書 P.321-323

照著做就對了

47.MP3

由於今天比較晚了，所以我打算住在飯店。	今日は遅くなりましたから、ホテルに泊まろうと思います。

我打算換眼鏡。

眼鏡を変えようと思う。

▶ 我在想現在開始去見朋友。
▶ 我在想差不多了該開始考試。
▶ 我在想今年要慢慢地參觀慶典。

▶ これから友達に会いに行こうと思う。
▶ そろそろテストを始めようと思う。
▶ 今年はゆっくり祭り見物をしようと思う。

正要過馬路時，紅綠燈變成紅燈了。
（那時）正想開窗，但窗戶卻打不開。

道を渡ろうとした時、信号が赤に変わりました。
窓を開けようとしたが、開かなかった。

▶ 正想按門鈴時，門就開了。
▶ 正想擺放餐盤時，地震就發生了。
▶ 正想下載檔案時，（系統就）出錯了。

▶ チャイムを押そうとした時、ドアが開きました。
▶ お皿を並べようとした時、地震が起きました。
▶ ファイルをダウンロードしようとした時、エラーが出ました。

挑戰長文

それは冬の寒い朝でした。そろそろ起きようと思った時、家が大きく揺れました。地震でした。安全な場所に逃げようとしましたが、地震が大きすぎて全然動けませんでした。地震は終わりました。運よく怪我はしませんでした。火事になると大変なので、急いでうちの外に出ようとしましたが、ドアが開きませんでした。仕方なく、窓から外に出ました。

48 連接動詞的句型－て形

主書 P.325-352

照著做就對了

48.MP3

風雨太大，就算撐傘也會濕掉。
也有即使再怎麼會讀書，但腦袋也不好的人也是有。

雨と風が強すぎて、傘をさしても濡れました。
いくら勉強ができても、頭の悪い人はいる。

▶ 即使查字典也查不到字義。
▶ 即使比較了這兩張畫，都無法找到差異之處。
▶ 那個人不管再怎麼提醒他小心注意，還是犯了幾次相同的錯誤。

▶ 辞書を引いても意味がわかりませんでした。
▶ 二つの絵をいくら比べても違いがわかりませんでした。
▶ その人はいくら注意しても同じ失敗を何度もしました。

再怎麼生氣也無濟於事。

そんなに怒ったって、済んだことは仕方ありません。

因為聽不懂日語，所以就算看電視也覺得無聊。

日本語がわからないから、テレビを見たって面白くない。

在這美術館內，即使隨意用手觸摸作品也沒關係。

この美術館では自由に作品に触ってもいいです。

那個玩具現在就算丟掉也沒關係。

そのおもちゃはもう捨てても構わない。

▶ 這裡再怎麼吵鬧也行。
　這裡再怎麼吵鬧也沒關係。

▶ ここではいくら騒いでもいい。
　ここではいくら騒いでも構わない。

▶ 考試落榜也行。
　考試落榜也沒關係。

▶ 試験に落ちてもいい。
　試験に落ちても構わない。

▶ 去打工也行。
　去打工也沒關係。

▶ バイトをしてもいい。
　バイトをしても構わない。

新年的裝飾不可以在31號（日）佈置。

お正月の飾りは31日に飾ってはいけません。

不可以坐在這裡。

ここに腰をかけてはいけない。

▶ 不可以踩踏榻榻米的邊緣處。

▶ 畳の縁を踏んではいけません。

▶ 不可以把筷子插在飯上。

▶ 御飯に箸を立ててはいけません。

▶ 這裡不可以踢足球。

▶ ここでサッカーをしてはいけません。

不可以在這池子游泳。

この池で泳いじゃいけません。

這衣服不能泡水。

この服は水に漬けちゃいけない。

巴士完全停下來之後再站起來。

バスが完全に止まってから立ちます。

確實關掉火之後才出了門。

きちんと火を止めてから出掛けた。

▶ 病確實痊癒之後就出院了。

▶ 病気がきちんと治ってから退院した。

▶ 天色變暗後就到附近散步了。

▶ 日が暮れてから近所を散歩した。

▶ 青木先生來了之後就開始開會了。

▶ 青木さんが来てから会議を始めた。

這個小鎮也完全變掉了。
（重點在整個小鎮都變了樣了。）

この町もすっかり変わってしまいました。

被雨淋溼，身體冷掉了。
（重點在整個身體變冷了。）

雨に濡れて、体が冷えてしまった。

▶ 開始搭車後就變胖了。

▶ 車に乗るようになってから太ってしまいました。

▶ 雞蛋破掉了。
▶ 電梯壞掉了。

▶ 卵が割れてしまいました。
▶ エスカレーターが故障してしまいました。

上課途中睡著了。
玩到早上了。
這件事今日內就會全部做完。
將房間全都整理乾淨了。

授業の途中で眠っちゃいました。
朝まで遊んじゃった。
この仕事は今日中にやってしまいます。
部屋をきれいに片付けてしまった。

▶ 將在這裡所有的紙張全部用光了。
▶ 背下了所有人的名字。
▶ 全都喝得一乾二淨了。

▶ ここにあった紙を全部使ってしまった。
▶ 全員の名前を覚えてしまった。
▶ 全部きれいに食べてしまった。

試著烹飪墨西哥料理。
想吃看看這間店新出的起司漢堡。

メキシコ料理を作ってみました。
このお店の新しいチーズバーガーを食べてみたい。

▶ 試著抽菸。
▶ 試著教韓語。
▶ 試著在國外生活。

▶ たばこを吸ってみました。
▶ 韓国語を教えてみました。
▶ 外国で生活してみました。

在詢問處拿地圖後走掉。
不戴隱形眼鏡，而在戴上眼鏡後走掉。

案内所で地図をもらっていきました。
コンタクトをしないで、眼鏡をかけていった。

▶ 穿牛仔褲後去。
▶ 帶著學生去。
▶ 在家吃完飯後去。

▶ ジーパンをはいていく。
▶ 学生を連れていく。
▶ うちで食事をしていく。

戰爭或恐攻讓許多人不斷地死去。
應辦事項接二連三地增加下去。

戦争やテロでたくさんの人が死んでいきます。
やる事がどんどん増えていく。

▶ 全都各自回家去。
▶ 這項工作以後會持續下去。
▶ 一一持續說明下去。

▶ みんな自分の家に帰っていきます。
▶ この仕事をこれからも続けていきます。
▶ 一つ一つ説明していきます。

今天帶著便當和牛奶前來了。
想好要怎麼做之後才過來的。

今日はお弁当と牛乳を持ってきました。
どうするか、よく考えてきた。

▶ 今天順道去了一趟牙科才來。
▶ 家人也一起帶來了。

▶ 今日は歯医者に寄ってきた。
▶ 家族も一緒に連れてきた。

▶ 複習了上週學到的內容。　　　　　　　　▶ 先週習ったことを復習してきた。

李先生一直以來獨自在日本努力生活。　　　イさんは日本で一人で頑張ってきました。
（從之前生活到現在）

那孩子越來越像父親了。　　　　　　　　　その子は段々お父さんに似てきた。

▶ 年輕女性搬來到隔壁了。　　　　　　　　▶ 若い女性が隣に引っ越してきました。
▶ 新葉長出來了。　　　　　　　　　　　　▶ 新しい葉が出てきました。
▶ 一直跟姊姊推辭到現在。　　　　　　　　▶ 今までずっと姉に遠慮してきました。

開始變得非常熱了。　　　　　　　　　　　ずいぶん暑くなってきました。

上午持續下雨，但下午開始放晴了。　　　　午前中はずっと雨だったが、午後になって晴
　　　　　　　　　　　　　　　　　　　　れてきた。

▶ 風開始吹了。　　　　　　　　　　　　　▶ 風が吹いてきた。
▶ 開始覺得有點疲倦了。　　　　　　　　　▶ 少し疲れてきた。
▶ 腦袋開始混亂了。　　　　　　　　　　　▶ 頭が混乱してきた。

外出前預先擦了鞋子。　　　　　　　　　　出掛ける前に靴を磨いておきました。

先決定好怎麼做了。　　　　　　　　　　　何にするか決めておいた。

▶ 先把水煮開。　　　　　　　　　　　　　▶ お湯を沸かしておきます。
▶ 先將米浸泡在水中。　　　　　　　　　　▶ 米を水に漬けておきます。
▶ 先預約好了餐廳。　　　　　　　　　　　▶ レストランを予約しておきます。

預先把橡皮擦放在這裡。　　　　　　　　　消しゴムをここに置いときます。

預先選出要吃什麼了。　　　　　　　　　　何を食べるか選んどいた。

貓咪正在庭院裡鳴叫著。　　　　　　　　　庭で猫が鳴いています。

妹妹現在正在淋浴。　　　　　　　　　　　妹は今シャワーを浴びている。

▶ 外面正在下雪。　　　　　　　　　　　　▶ 外は今、雪が降っている。
▶ 弟弟正在自己房裡睡覺。　　　　　　　　▶ 弟は自分の部屋で寝ている。
▶ 現在正在準備晚餐。　　　　　　　　　　▶ 今、夕飯の支度をしている。

1個禮拜健身三次。　　　　　　　　　　　1週間に3日、スポーツクラブに通っています。

我在國中教英文。　　　　　　　　　　　　私は中学校で英語を教えている。

▶ 那家店正在賣棉被。 ▶ その店では布団を売っています。
▶ 正在貿易公司就職。 ▶ 貿易会社に勤めています。
▶ 我（目前）每天早上跑步一小時。 ▶ 私は毎朝1時間ジョギングをしています。

女兒現在正在二樓彈鋼琴。 娘は今2階でピアノを弾いてます。
許多人在排隊（著）。 人がたくさん並んでる。
從小就一直想在大學攻讀法律。 子供の頃から大学で法律を勉強したいと思っ
ていました。

我認為美容院比理髮院好。 床屋より美容院の方がいいと思う。
妻子知道是誰會來，但我不知道。 誰が来るか、妻は知っていますが、私は知り
ません。

我來的時候門是開著的。 私が来た時、ドアが開いていました。
那隻蟲子還活著。 その虫はまだ生きている。

▶ 商店已經關門了。 ▶ 店はもう閉まっている。
▶ 那台冰箱壞了。 ▶ この冷蔵庫は壊れている。
▶ 西村先生已經來了。 ▶ 西村さんはもう来ている。

我結婚了。 私は結婚しています。
以前體型纖瘦，但現在豐滿。 昔はやせていたが、今は太っている。
父親還沒回來。 父はまだ帰っていません。
什麼都不記得。 何も覚えていない。

房間牆壁上貼著我喜歡的女演員海報。 部屋の壁に僕の好きな女優のポスターが貼っ
（動作結果：牆壁上貼著了） てあります。
已經打聽到哪裡有好的咖啡廳了。 いい喫茶店がどこにあるか、もう調べてあ
（動作結果：已經打聽好了） る。

▶ 這份資料有燒在CD內。 ▶ このデータはCDに焼いてあります。
▶ 有收集了常出現現在考試中的考古 ▶ テストによく出る問題を集めてあります。
　題。 　テストによく出る問題が集めてあります。
▶ 有跟朋友約好要見面。 ▶ 友達と会う約束をしてあります。
　 　友達と会う約束がしてあります。

電燈開著。 電気がついています。
電燈開著／（某人）開著燈。 電気がつけてあります。
窗戶開著。 窓が開いている。
窗戶開著／（某人）開了窗戶。 窓が開けてある。

哥哥現在正在洗澡。　　　　　　兄は今お風呂に入っているところです。
現在正在吃午餐。　　　　　　　今、昼御飯を食べているところだ。

▶ 正要前往京都。　　　　　　　▶ 京都へ向かっているところだ。
▶ 正在整理桌面。　　　　　　　▶ 机の上を片付けているところだ。
▶ 正在討論要怎麼做。　　　　　▶ どうするか、相談しているところだ。

我烤了餅乾給男友。　　　　　　私は彼にクッキーを焼いてあげました。
母親將太田先生遺失物送回去了。　母は太田さんに忘れ物を届けてあげた。

▶ 你借雜誌給山口先生了。　　　▶ あなたは山口さんに雑誌を貸してあげました。
▶ 姊姊讓朋友看作業了。　　　　▶ 姉は友達に宿題を見せてあげました。
▶ 我請藤原先生吃飯了。　　　　▶ 私は藤原さんに食事をご馳走してあげました。

女朋友幫我烤了餅乾。　　　　　彼女が僕にクッキーを焼いてくれました。
你教導了我生命的可貴。　　　　あなたは私に命の大切さを教えてくれた。

▶ 齋藤先生寄照片給我了。　　　▶ 斉藤さんは私に写真を送ってくれた。
▶ 岡本先生幫你挑了外衣　　　　▶ 岡本さんはあなたに上着を選んでくれた。
　（外層的衣服）。
▶ 聖誕老人帶禮物給女兒了。　　▶ サンタクロースは娘にプレゼントを持って
　　　　　　　　　　　　　　　　きてくれた。

女朋友（幫我）烤了餅乾。　　　彼女がクッキーを焼いてくれました。

我陪孩子玩了。　　　　　　　　私は子供と遊んでやりました。
我誇獎狗狗了。　　　　　　　　僕は犬を褒めてやった。

▶ 那個人為猴子買了衣服。　　　▶ その人は猿に服を買ってやりました。
▶ 我為弟弟泡了咖啡。　　　　　▶ 僕は弟にコーヒーを入れてやりました。
▶ 我幫妹妹化了妝。　　　　　　▶ 私は妹に化粧をしてやりました。

朋友為老師講述了事實。　　　　友達は先生に本当の事を話して差し上げました。
叔叔回覆了社長的提問。　　　　おじが社長の質問に答えて差し上げた。

▶ 後輩開車送那位前輩回去了。　▶ 後輩がその先輩を車で送って差し上げた。
▶ 朋友轉達那件事給課長了。　　▶ 友達が部長にその話を伝えて差し上げた。
▶ 哥哥引薦了好的人選給課長了。　▶ 兄は課長にいい人を紹介して差し上げた。

用免費甜點讓客人感到高興。

デザートのサービスをお客様が喜んでくださいました。

神總是伴隨在我身邊。

神様はいつも私のそばにいてくださる。

▶ 老師原諒了（我的）朋友。

▶ 先生は友達を許してくださいました。

▶ 你教導了我許多事。

▶ あなたは私に色々な事を教えてくださいました。

▶ 松田先生的父母親來到我家裡了。

▶ 松田さんのご両親がうちまで来てくださいました。

我從不認識的人那邊撿回了我的錢包。
（我不認識的人幫我撿回了錢包。）

私は知らない人に財布を拾ってもらいました。

我從奶奶那邊得到了養育。
（奶奶養育了我。）

私は祖母に育ててもらった。

▶ 丈夫幫我煮飯了（我煮飯時從丈夫那邊得到了幫助）。

▶ 私は夫に料理を手伝ってもらった。

▶ 內人幫我開了燈（我從妻子那邊得到了開燈）。

▶ 僕は家内に電気をつけてもらった。

▶ 商店幫我們安排好了10個人座位（我們從商店那邊得到了10個人的座位準備）。

▶ 私達はお店に10人分の席を準備してもらった。

我們從客人那邊得到了拜訪家裡。
（客人大駕光臨了寒舍。）

お客さんにうちに寄っていただきました。

我從那孩子的父母親那邊得到了謝罪。
（那孩子的父母親向我致歉。）

私はその子のご両親に謝っていただいた。

▶ 老師幫我出了點子（我從老師那邊得到了點子）。

▶ 先生にアイディアを出していただきました。

▶ 那一位人士拜訪了公司（從那一位人士那得到了拜訪公司）。

▶ その方に会社を訪ねていただきました。

▶ 社長跟我打了招呼（從社長那邊得到了問候）。

▶ 社長に挨拶していただきました。

騎乘摩托車時請務必戴安全帽。

バイクに乗る時は必ずヘルメットをかぶってください。

請開始安裝。

インストールを始めてください。

71

▶請貼郵票。　　　　　　　　　　▶切手を貼ってください。

▶請在下一站換轉特快列車。　　　▶次の駅で特急に乗り換えてください。

▶請做好外出準備。　　　　　　　▶出掛ける支度をしてください。

請幫我把頭髮剪短。　　　　　　　髪を短く切ってください。

請盡可能地幫我收集資訊。　　　　できるだけ情報を集めてください。

▶請回去自己的座位。　　　　　　▶自分の席に戻ってください。

▶請跟他分手。　　　　　　　　　▶彼と別れてください。

▶請來幫我。　　　　　　　　　　▶手伝いに来てください。

可以在下個紅綠燈處右轉嗎？　　　次の信号を右へ曲がってくれますか。

可以幫我集中（邀約）要一起去的人嗎？　一緒に行く人を集めてくれますか。

▶你可以（對我）產生興趣嗎？　　▶興味を持ってくれますか。

▶你可以幫我更換電池嗎？　　　　▶電池を取り替えてくれますか。

▶你可以跟我一起來嗎？　　　　　▶私と一緒に来てくれますか。

不稍微嚴厲一點幫我責備小孩嗎？　もう少し厳しく子供を叱ってくれませんか。

（能幫我稍微嚴厲一點責備小孩嗎？）

不幫我泡茶嗎？（能幫我泡茶嗎？）　お茶を入れてくれませんか。

▶不幫我在背上塗藥嗎？　　　　　▶背中に薬を塗ってくれませんか。

▶不幫我把百葉窗拉起來嗎？　　　▶ブラインドを上げてくれませんか。

▶不幫我將這資料印成各10張嗎？　▶この書類を10枚ずつコピーしてくれませんか。

可以幫我包裝成禮物嗎？　　　　　プレゼント用に包んでくださいますか。

可以幫我繫上安全帶嗎？　　　　　シートベルトを締めてくださいますか。

▶這資料可以幫我用鉛筆寫嗎？　　▶この書類は鉛筆で書いてくださいますか。

▶可以幫我打電話給那個人嗎？　　▶その人に電話をかけてくださいますか。

▶可以幫我把這封信翻譯成日文嗎？　▶この手紙を日本語に翻訳してくださいますか。

能不能請你把這個鑰匙交給遠藤先生呢？　遠藤さんにこの鍵を渡してくださいませんか。

明天的聚會能不能請你穿和服呢？　明日のパーティーで着物を着てくださいませんか。

▶你不能幫我將這件工作委託給其他　▶この仕事はほかの人に頼んでくださいません
　人呢？　　　　　　　　　　　　　か。

▶ 你不能幫我來開門嗎？

▶ ちょっとドアを開けてくださいませんか。

▶ 你不為了我到一樓的大廳來嗎？

▶ 1階のロビーまで来てくださいませんか。

你可以把我給的戒指還給我嗎？（我能
夠得到你歸還我給你的戒指嗎？）

あげた指輪を返してもらえますか。

你可以把後門關起來嗎？
（我能夠得到你把後門關起來嗎？）

後ろのドアを閉めてもらえますか。

▶ 我可以請你在這裡稍坐片刻嗎（我
能夠得到你在這裡稍坐片刻嗎）？

▶ ちょっとここに座ってもらえますか。

▶ 我可以請你暫時停一下車嗎（我能
夠得到你把車子稍停一下嗎）？

▶ ちょっと車を止めてもらえますか。

▶ 我可以請你幫我確認有沒有錯誤嗎
（我能夠得到你確認看看有沒有錯
誤嗎）？

▶ 間違いがないかチェックしてもらえます
か。

不可以也讓我們參加飲酒會嗎？
（我們不能得到飲酒會的邀請嗎？）

私達も飲み会に呼んでもらえませんか。

不可以再便宜一點嗎？
（不能得到再降價一點嗎？）

ちょっと負けてもらえませんか。

▶ 你能夠再稍微等一下嗎（我不能得
到你的再稍微等一下嗎）？

▶ もう少し待ってもらえませんか。

▶ 你能夠繼續工作嗎（我不能得到你
繼續做這件工作嗎）？

▶ 仕事を続けてもらえませんか。

▶ 你能夠詳細說明嗎（我對能得到你
的詳細說明嗎）？

▶ 細かく説明してもらえませんか。

可以請你帶我去醫院嗎？
（我能夠得到你帶我去醫院嗎？）

病院に連れて行っていただけますか。

因為有點冷，可以請你開暖氣嗎？
（我能夠得到你幫我打開暖氣嗎？）

ちょっと寒いので、暖房をつけていただけま
すか。

▶ 可以請您再跟我碰一次面嗎（我能
夠得到跟你見一次面嗎）？

▶ 一度会っていただけますか。

▶ 可以請您戒菸嗎（我能夠得到你把
菸戒掉嗎）？

▶ たばこをやめていただけますか。

▶ 可以請您為我導引嗎（我能夠得到
你的導引嗎）？

▶ 案内していただけますか。

不可以請您告訴中川先生不要遲到嗎？
（我不能夠得到你跟中川先生說不要遲到嗎？）

中川さんに遅れないように言っていただけませんか。

不可以請您幫我換成大一點的尺寸嗎？
（我不能夠得到你幫我替換成大一點的尺寸嗎？）

大きいサイズの物と取り替えていただけませんか。

▶ 不可以請您修改日文作文嗎（我不能夠得到您修改日文作文嗎）？

▶ 日本語の作文を直していただけませんか。

▶ 不可以請您養這隻幼貓嗎（我不能夠得到您養育這隻幼貓嗎）？

▶ この子猫を育てていただけませんか。

▶ 不可以請您來幫我嗎（我不能夠得到您來幫我嗎）？

▶ 手伝いに来ていただけませんか。

 挑戰長文

電話が一般化する前は電報がよく使われていた。電話が一般化してから、電報は段々使われなくなってしまった。しかし、今でも結婚式や葬式のメッセージは電報で送ることが多い。私の結婚式の時も、たくさんの方が電報を送ってくださった。最近は、かわいい人形がメッセージカードと一緒になっている電報もあって、女性に人気がある。

49 連接動詞的句型 – 過去式

主書 P.353-360

 照著做就對了

49.MP3

那部電影是看完之後會讓你百感交集的電影。
その映画は見た後で、色々考えさせられる映画でした。

雨停後外出了。
雨がやんだ後で出掛けましょう。

▶ 那位小說家死後才變有名。
▶ その小説家は死んだ後で、有名になった。

▶ 這個藥在飯後服用了。
▶ この薬は御飯を食べた後で飲んだ。

▶ 國中畢業後來到了荷蘭。
▶ 中学校を卒業した後で、オランダに来た。

曾因為弄丟護照而感到困擾過。
パスポートを無くして困ったことがあります。

曾因為身體不舒服而暈倒過。
気分が悪くなって倒れたことがある。

▶ 曾乘搭過新幹線。
▶ 新幹線に乗ったことがあります。

▶ 曾扔過坐墊。　　　　　　　　　　▶ 座布団を投げたことがあります。
▶ 曾因為生病而住過院。　　　　　　▶ 病気で入院したことがあります。

隔壁的房間一直空著。　　　　　　　隣の部屋は空いたままになっています。
祖父3日前外出，一直還沒回來。　　祖父が3日前に出掛けたまま帰ってこない。

▶ 辦公室的燈還開著。　　　　　　　▶ 事務所の電気がついたままだ。
▶ 向晚輩借了10,000日元　　　　　　▶ 後輩に1万円借りたままだ。
　（一直借著，未還狀態）。
▶ 和朋友吵架了　　　　　　　　　　▶ 友達とけんかしたままだ。
　（還是吵架，沒和好的狀態）。

休假時有時讀書，有時看電視。　　　休みの日は本を読んだりテレビを見たりします。
許多人出出入入那間商店。　　　　　たくさんの人がその店を出たり入ったりして
　　　　　　　　　　　　　　　　　いた。

▶ 在家門前來回走動。　　　　　　　▶ 家の前を行ったり来たりしました。
▶ 將電燈開開關關。　　　　　　　　▶ 電気をつけたり消したりしました。
▶ 今天洗了衣服，也打掃了。　　　　▶ 今日は洗濯したり掃除したりしました。

因為會被雨淋濕，所以最好撐傘喲！　雨に濡れますから、傘をさした方がいいですよ。
最好跟大使館詢問需要準備哪些文件。　どんな書類が必要かは大使館に尋ねた方がいい。

▶ 最好移送到更大間的醫院。　　　　▶ もっと大きい病院に移った方がいい。
▶ 最好也跟竹內先生搭話。　　　　　▶ 竹内さんにも声を掛けた方がいい。
▶ 最好再教育一下店員。　　　　　　▶ もう少し店員を教育した方がいい。

不久前才剛確定阿根廷奪冠。　　　　さっきアルゼンチンの優勝が決まったところ
　　　　　　　　　　　　　　　　　です。
現在孩子剛出生。　　　　　　　　　今赤ん坊が生まれたところだ。

▶ 剛才好不容易才退燒了。　　　　　▶ やっと熱が下がったところです。
▶ 麵包正好剛烤好。　　　　　　　　▶ ちょうどパンが焼けたところです。
▶ 正好剛從研究室那回來。　　　　　▶ 研究室に行ってきたところです。

才剛去世沒多久的妻子出現在我的夢中了。　亡くなったばかりの妻が夢に出てきました。
這網站是昨天才剛找到的。　　　　　このサイトは昨日見付けたばかりだ。

孫子才升上國小四年級沒多久。	孫は小学4年生に上がったばかりだ。
才剛適應在日本的生活沒多久。	日本での生活に慣れたばかりだ。
上週才剛出院沒多久。	先週退院したばかりだ。

 挑戰長文

私は先月日本に来たばかりです。日本の大学の経済学科で勉強するために、今は日本語クラスで日本語を習っています。急に留学が決まったので、日本に来た後で日本語の勉強を始めました。ですから、まだ日本語が下手で、コミュニケーションに困ったことが何度もあります。日本に来る前は、日本に来てから日本語の勉強を始めても構わないと思っていましたが、今は、外国に住むときは、その国に行く前に言葉を習っておいた方がいいと思うようになりました。

50 連接所有詞類的句型 – 假設句型

主書 P.362-376

 照著做就對了

50.MP3

| 假設便宜的話我也買。 | 安ければ、私も買います。 |
| 假設過了喉嚨就忘記熱（好了傷疤就忘了痛）。 | 喉元過ぎれば熱さを忘れる。 |

► 假如飯少的話，就再多添一點。	► 御飯が少なければ、もう少し入れます。
► 假如明天天氣好的話，就踢足球。	► 明日、天気がよければ、サッカーをします。
► 假如等到12月的話，就能便宜買到。	► 12月まで待てば、安く買えます。
► 假如任何人被誇獎，都會高興。	► 褒められれば、誰でも嬉しいです。

| 假如不是工作的話，不會做這個。 | 仕事でなければ、こんなことはしません。 |
| 假如電視節目不有趣的話，沒有人會看。 | テレビ番組は面白くなければ、誰も見ない。 |

► 假如和服不是絲綢製成的話，就討厭。	► 着物は絹じゃなければ嫌だ。 着物は絹でなければ嫌だ。
► 假如身體不夠結實的話，就不能學柔道。	► 柔道は体が丈夫じゃなければできない。 柔道は体が丈夫でなければできない。
► 假如不熱的話，就不像夏天。	► 暑くなければ夏じゃない。
► 假如錢不夠的話，我就借你一點。	► お金が足りなければ少し貸す。

| 如果明天下雨的話，就待在家。 | 明日雨だったら、うちにいます。 |

都已經來到這裡的話，就已經無法回頭了。

ここまで来たら、もう戻れない。

▶ 如果後天上午的話，就有時間。

▶ 如果這次考試不行的話，就會再報
考一次。

▶ 如果味道清淡的話，我就會沾醬油吃。

▶ 如果喝酒的話，我就不會開車。

▶ 明後日の午前だったら、時間があります。

▶ 今度の試験が駄目だったら、また受けま
す。

▶ 味が薄かったら、しょうゆを付けて食べます。

▶ お酒を飲んだら、車の運転はしません。

如果沒那麼貴的話，我就一定會買。
萬一衣服尺寸不合的話，我就會去換
貨。

それほど高くなかったら、是非買いたいです。
もし服のサイズが合わなかったら、取り替え
に行く。

▶ 如果不是3天的話，我也能去。

▶ 如果不喜歡的話，最好分手。

▶ 如果身體狀況不佳的話，到外面去
也沒關係。

▶ 如果學生沒增加的話，課程就不開了。

▶ 3日じゃなかったら、私も行ける。
3日でなかったら、私も行ける。

▶ 好きじゃなかったら、別れた方がいい。
好きでなかったら、別れた方がいい。

▶ 具合が悪くなかったら、外に出ても構わな
い。

▶ もし学生が増えなかったら、講義は無くなる。

一旦房間明亮的話，就會睡不著。
一旦說起明年的事，鬼就笑了。

部屋が明るいと眠れません。
来年の事を言うと鬼が笑う。

▶ 一旦坐在吧檯座位的話，壽司的價
格會提高。

▶ 一旦對老師感到討厭，也會討厭那
門課。

▶ 一旦變冷，就變得不想動了。

▶ 一旦過了橋之後，就看得見大海。

▶ カウンターだと、寿司は高くなります。

▶ 先生が嫌いだと、勉強も嫌いになります。

▶ 寒いと、動きたくなくなります。

▶ この橋を渡ると、海が見えます。

參加會議時，若是不穿西裝的話就會不
太好。
一旦沒趕上截止日的話，就無法馬上拿
到錢。

会議のある時はスーツでないと困ります。

締め切りに間に合わないと、お金がすぐにも
らえない。

▶ 只要不是外國人的話，就不能就讀
國際學校。

▶ 外国人じゃないと、このインターナショナ
ルスクールには入学できない。
外国人でないと、このインターナショナル
スクールには入学できない。

► 只要店員不親切的話，客人就不會來。	► 店員が親切じゃないと、客が入らない。 店員が親切でないと、客が入らない。
► 若是課程不有趣的話，學生就不會來。	► 講義が面白くないと、学生が来ない。
► 若是燈不熄滅的話，門就不會開。	► ランプが消えないと、ドアが開かない。

如果我是那個人的話，絕對不會做那種事的。	私がその人だったなら、そんなことは決してしませんでした。
如果無法修復的話，也是時候該丟掉了。	直らないなら、もう捨てる。

► 如果是金子小姐的話，她已經回家了。	► 金子さんなら、もう帰りました。
► 如果沒造成妨礙的話，就這樣放著也行。	► 邪魔じゃないなら、そのままにしておいてもいいです。/ 邪魔でないなら、そのままにしておいてもいいです。
► 如果沒貴成那樣的話，我想買。	► それほど高くなかったなら、買いたかったです。
► 如果醫生什麼也沒說的話，就沒關係。	► 医者に何も言われなかったなら、大丈夫です。

春臨花開。	春になると花が咲きます。
那個人一喝了酒就會馬上睡著。	あの人はお酒を飲むとすぐ寝てしまう。
到家後請打電話給我。	うちに帰ったら電話をください。
有興趣的話請打電話給我。	興味があれば電話をください。
和田先生去的話，我也會去。	和田さんが行けば、私も行く。
假如考上那間學校的話，我想加入足球部。	もしその学校に合格できれば、サッカー部に入りたい。
如果有興趣的話，請打電話給我。	興味があるなら電話をください。
如果說和田先生去的話，我也會去。	和田さんが行くなら、私も行く。
有興趣的話請打電話給我。	興味があったら電話をください。
和田先生去的話，我也會去。	和田さんが行ったら、私も行く。
如果考上那間學校的話，我想加入足球部。	もしその学校に合格できたら、サッカー部に入りたい。
夏天到來之後（的話），就一起去海邊吧！	夏になったら海に行こう。

 挑戰長文

日本の喫茶店にはモーニングサービスメニューのある店が多い。安くて量の多い朝御飯が食べたいなら、愛知県のモーニングサービスが一番だ。400円くらい出せば、コーヒーとサンドイッチ、卵料理、サラダが食べられる。愛知県に行くことがあったら、是非、モーニングサービスを食べてみたい。

51 連接所有詞類的句型－常體說法

主書 P.377-401

 照著做就對了

51.MP3

中山先生今天應該不在家吧！
養的狗狗死了，應該很難過吧！

中山さんは今日は留守だろう。
飼っていた犬が死んで、悲しかっただろう。

▶ 犯人應該不只有一個吧！
▶ 那項工作應該很累人吧！
▶ 因為那場事故而受傷的人應該不少吧！
▶ 聖誕夜時，迪士尼海洋公園裡應該人擠人吧！

▶ 犯人は一人じゃないだろう。
▶ その仕事は大変だっただろう。
▶ その事故で怪我をした人は少なくなかっただろう。
▶ クリスマスイブのディズニーシーは込んだだろう。

那件事不是真的吧？
那位教授的專業領域不一樣吧？

その話は本当じゃないだろう？
その教授は専門分野が違うだろう？

▶ 這裡應該是日式壁櫥吧！
▶ 那場考試應該一點也不簡單才對吧！
▶ 那個人應該力量很大吧！
▶ 車站前的街道應該很熱鬧吧！

▶ ここは押し入れだろう？
▶ そのテストはちっとも簡単じゃなかっただろう？
▶ その人は力が強かっただろう？
▶ 駅前の通りが賑やかになっただろう？

那部連續劇很受歡迎，應該很有趣吧！

到了四月應該就不需要開暖氣了吧！

そのドラマは人気がありますから、きっと面白いでしょう。

4月になれば、暖房は要らないでしょう。

▶ 那個時代對女性來說應該是很辛苦的時代吧！
▶ 應該不用那麼擔心也沒關係吧！
▶ 那台車的速度應該不太快吧！
▶ 明天的天氣應該是陰天吧！

▶ その時代は女性には大変な時代だったでしょう。
▶ そんなに心配しなくても大丈夫でしょう。
▶ その車はスピードはあまり速くないでしょう。
▶ 明日は曇るでしょう。

下關是港口吧？
那本書沒能找到吧？

下関は港でしょう？
その本は見付からなかったでしょう？

▶ 那件事不是假的吧？
▶ 星期三不悠閒吧？
▶ 那點心甜吧？

▶ その話は嘘じゃなかったでしょう？
▶ 水曜日は暇じゃないでしょう？
▶ そのお菓子は甘いでしょう？

▶ 廚房現在沒有電吧？ | ▶ 台所の電気がつかないでしょう？

這道料理也許有點辣。
也許在約定時間會趕不上。

この料理はちょっと辛いかもしれません。
約束の時間に間に合わなかったかもしれない。

▶ 說這種話也許不禮貌。
▶ 那裡的水也許不乾淨。
▶ 也許不太喜歡那場音樂劇。

▶ 也許雨會一直下到明天。

▶ そんなことを言ったら失礼かもしれません。
▶ そこは水がきれいじゃないかもしれません。
▶ そのミュージカルは楽しくなかったかもしれません。
▶ 明日までに雨がやまないかもしれません。

我認為那絕不是一場夢。
我猜想石田先生跟雙親同住。

それは絶対に夢じゃなかったと思います。
石田さんは多分ご両親と一緒に住んでいると思う。

▶ 我認為這個也許不是正確的答案。
▶ 我認為假如附近有超市的話就會很方便。
▶ 我認為沒有音樂的生活很乏味。
▶ 我覺上田選手的強項已嶄露鋒芒。

▶ 正しい答えはこれじゃないと思う。
▶ 近くにスーパーがあれば便利だったと思う。
▶ 音楽のない生活はつまらないと思う。
▶ 上田選手のうまさが光ったと思う。

聽說是有過打算要給巧克力。
導遊說：「沒時間了，請大家加快腳步。」

チョコレートをくれるつもりだったと言いました。
ガイドさんが「時間がないので急いでください」と言った。

▶ 據說他本來沒打算要來這裡。
▶ 據說明年的奧林匹克很值得期待。
▶ 據說明亮的顏色容易髒掉。
▶ 據說之前不太知道意思。

▶ ここに来る予定じゃなかったと言いました。
▶ 来年のオリンピックが楽しみだと言いました。
▶ 明るい色だと汚れやすいと言いました。
▶ 意味がよく分からなかったと言いました。

初次見面，我叫柴田。
這朵花叫櫻花。
初次見面，敝人叫柴田。
酒井小姐有說她不去了

はじめまして。森田と言います。
この花は桜と言う。
はじめまして。柴田と申します。
酒井さんは行かないって言ったよ。

說自來水不好喝的人很多。
聽說不喝可樂的人越來越多了。

水道の水はおいしくないという人が多いです。
コーラを飲まない人が増えたという話を聞いた。

▶ 醫生給人是富翁的印象。
▶ 據說是不討厭的數學的人可以看得很愉快的一本書。
▶ 認為30歲過後再結婚也不遲的人愈來愈多。
▶ 沒有不知道紅綠燈是紅燈時要停下來的人。

▶ 医者は金持ちだというイメージがある。
▶ 数学は嫌いじゃなかったという人は楽しめる本だ。
▶ 結婚は30歳を過ぎてからでも遅くないという考え方の人が増えている。
▶ 信号が赤の時は止まらなければならないという規則を知らない人はいない。

打了電話來說會遲到。
在義大利，通常似乎是一個人吃一片披薩。
似乎是在鞋子外面套一層襪子，即使在冰上走好像也不就會滑了。

遅れるっていう連絡が来た。
イタリアではピザは一人一枚が普通らしいです。
靴の上に靴下を履くと、氷の上でも滑らないらしい。

▶ 過去這裡好像曾是機場。
▶ 那裡沒車的話好像會不方便。
▶ 北海道好像比往常溫暖。
▶ 座位好像還空著。

▶ 昔ここは飛行場だったらしいです。
▶ そこは車がないと不便らしいです。
▶ 北海道は割合暖かかったらしいです。
▶ 席はまだ空いているらしいです。

那孩子似乎不是這座學校的學生。
最近花式溜冰的粉絲似乎變多了。

あの子はこの学校の生徒ではないようです。
最近、フィギュアスケートのファンが増えたようだ。

▶ 那裡似乎是入口。
▶ 那個人好像不想在宮崎先生旁邊。
▶ 橫田先生的鼻子好像不太好。
▶ 會議好像仍持續著。

▶ あそこが入口のようだ。
▶ その人は宮崎さんの隣が嫌だったようだ。
▶ 横山さんは鼻が悪いようだ。
▶ 会議はまだ続いているようだ。

這件事他好像不想讓父母親知道。
那孩子似乎長得不像家裡的任何一個人。

この事を親には知られたくないみたいです。
この子は家族の誰にも似ていないみたいだ。

▶ 好像還沒有要結束。
▶ 好像不需要護照。
▶ 考試好像很難。
▶ 風好像停下來了。

▶ まだ終わりじゃないみたいです。
▶ パスポートは必要じゃなかったみたいです。
▶ テストは難しかったみたいです。
▶ 風がやんだみたいです。

女人心海底針，很容易說變就變。（女人心有如秋天的天空，很容易說變就變。）
忙到不可開交
（有如頭昏眼花般地相當忙碌）。

女の心は秋の空のように変わりやすいです。

目の回るような忙しさだ。

▶ 想如雲般自由自在地生活。 ▶ 雲のように自由に生きたい。
▶ 如白天般明亮。 ▶ 昼のように明るい。
▶ 如火熄滅般安靜下來了。 ▶ 火が消えたように静かになった。
▶ 如點火般地嬰兒開始哭泣了。 ▶ 火がついたように赤ん坊が泣き出した。

聽說腳底按摩按得很痛。 足裏マッサージは痛いそうです。
聽說是已告知內田先生會合的地點和時間了。 内田さんに集まる場所と時間を知らせたそうだ。

▶ 聽說宮本先生的生日是在昨天。 ▶ 宮本さんの誕生日は昨日だったそうです。
▶ 聽說那位學生不誠實。 ▶ その学生はまじめじゃなかったそうです。
▶ 說是設計不漂亮。 ▶ デザインがかわいくなかったそうです。
▶ 聽說這襪子能讓腳不會感到冰冷。 ▶ この靴下は足が冷えないそうです。

按理說（日語的）「字引」和「 書」是意思幾乎一模一樣的單字。 字引と辞書はほとんど同じ意味のはずです。
今天照理說應該沒半個人來。 今日は誰も来ないはずだ。

▶ 高木同學理應不屬於我的班上。 ▶ 高木さんは私のクラスじゃなかったはずだ。
▶ 那個人在埃及應該很出名。 ▶ その人はエジプトでは有名なはずだ。
▶ 跟日本人說話的機會應該不多。 ▶ 日本人と話す機会は多くないはずだ。
▶ 應該不會有任何問題。 ▶ 問題は何もなかったはずだ。

不可能會那樣。 そんなはずはありません。
現在才剛燒好的水不可能不燙。 今沸いたばかりのお湯だから、熱くないはずがない。

▶ 安藤先生理應不會是犯人。 ▶ 安藤さんが犯人のはずがありません。
▶ 家人應該不會是不重要的。 ▶ 家族が大切じゃないはずがありません。
▶ 這件毛衣應該不會太小。 ▶ このセーターが小さいはずがありません。
▶ 應該不會花那麼多的時間。 ▶ そんなに時間がかかるはずがありません。

我是非常喜歡爸爸的。 僕はパパが大好きなんです。
牙齒是在倒下來時候斷掉的。 倒れたときに歯が折れたのだ。

▶ 這個不是酒精。 ▶ これはアルコールじゃないんだ。
▶ 馬拉松的練習很讓人討厭。 ▶ マラソンの練習が嫌だったんだ。
▶ 真的是幸好買下來了。 ▶ これは本当に買ってよかったんだ。

▶ 這照片是表哥幫我拍的。

▶ この写真はいとこが写してくれたんだ。

到阿富汗旅行是危險的事嗎？
眼鏡是被誰弄壞的呢？

アフガニスタンへの旅行は危ないんですか。
誰に眼鏡を壊されたんですか。

▶ 谷口先生不在家對嗎？
▶ 慶典是不熱鬧嗎？
▶ 這藥是不苦的嗎？
▶ 這張票是到哪下車都行嗎？

▶ 谷口さんは留守だったんですか。
▶ お祭りは賑やかじゃなかったんですか。
▶ この薬は苦くないんですか。
▶ この切符はどこで降りても構わないんですか。

出發時間是5號，沒關係嗎？
我名字裡漢字弄錯了，可以幫我訂正嗎？

出発は5日なんですが、よろしいですか。
私の名前の漢字が違うんですが、直していただけますか。

▶ 下週預計要去賞花，要不要一起去呀？
▶ 說來是有點複雜的，你要聽我說嗎？
▶ 樓上鄰居吵得要死，可以讓幫我跟他們講小聲一點嗎（幫我提醒他們一下嗎）？
▶ 我實在是聽不太懂，可以請你再說明一次嗎？

▶ 来週、花見に行く予定なんですが、一緒に行きませんか。
▶ 話がちょっと複雑なんですが、聞いてもらえませんか。
▶ 上の家がうるさいんですが、ちょっと注意してくださいませんか。
▶ よく分からなかったんですが、もう一度説明していただけますか。

明明才九月，涼爽的日子卻已經變多了。
昨晚明明就完全無法入睡，現在卻也不覺得睏。

まだ9月なのに、もう涼しい日が多くなりました。
夕べは全然眠れなかったのに、今眠くない。

▶ 明明不想喝（酒），但被人逼著喝了。
▶ 小韓的日語原本明明不好，但（現在）已經好多了。
▶ 考試明明都有難度，但大家都考了80分以上。
▶ 加快動作的話明明就能趕得上，但大野先生不打算加快動作。

▶ 飲みたくなかったのに、飲まされた。
▶ ハンさんは日本語が下手だったのに、上手になった。
▶ テストは易しくなかったのに、みんな80点以上取った。
▶ 急げば間に合うのに、大野さんは急ごうとしない。

因為學生們全都很拼命，所以無法跟他們說就此放棄。

学生が皆一生懸命なため、やめると言えません。

我的聽力差，所以找不到工作。	私は耳が遠いために、仕事が見付からない。

▶ 因為受颱風的影響，電車誤點了。　　▶ 台風のために電車が遅れました。

▶ 因為我的聲音很奇怪，所以常常
　（有人）受到驚嚇。　　▶ 私は声が変なためによく驚かれます。

▶ 因為那部連續劇很無趣，所以就沒
　有受到歡迎。　　▶ そのドラマはつまらなかったために、人気
　がありませんでした。

▶ 因為房子前面出現了大樓，所以從
　窗戶看不到遠處。　　▶ うちの前にビルができたために、窓から遠
　くが見えなくなりました。

能告訴我（兩個之中）哪個箱子較輕
嗎？　　どちらの箱が軽かったか、教えていただけま
すか。

這是具有計算搖晃程度的機器。　　これは、どのくらい揺れたかを知るための機
械だ。

▶ 不知道是誰的日記。　　▶ 誰の日記か知らない。

▶ 正在打聽哪個製造商的硬碟最安
　靜。　　▶ どこのハードディスクが一番静かか調べて
　いる。

▶ 不知道怎麼做會比較好。　　▶ どうしたらいいかわからない。

▶ 想不起來是何時接到連絡的。　　▶ いつ連絡をもらったか覚えていない。

忘了丸山先生的主修是文學還是哪一門
學問了。　　丸山さんの専攻が文学だったかどうか、忘れ
ました。

我試著問了看是不是可以由其他人代替
前往或是不行的。　　ほかの人が代わりに行ってもいいかどうか、
聞いてみた。

▶ 確認是否是進口牛肉或別種牛肉之
　後才買。　　▶ 輸入牛肉じゃないかどうか、確かめてから
　買います。

▶ 老師對教育是不是抱持著熱誠，學
　生立刻會知道。　　▶ 先生が教育に熱心かどうか、学生はすぐに
　わかります。

▶ 會擔心不知道工作是忙還是不忙的。　　▶ 仕事が忙しくないかどうか、心配です。

▶ 不知道是否是忘了約定還是怎樣
　的，所以打通電話看看。　　▶ 約束を忘れていないかどうか、電話をかけ
　てみます。

把騎踏腳踏車這件事當作興趣是一件好事。　　自転車に乗るのが趣味なのはいいことです。

因為字跡潦草（一事）而感到難為情。　　字が汚いのが恥ずかしい。

▶ 知道了鈴木一朗在高中時期是擔任
　投手。　　▶ イチローが高校時代、ピッチャーだったの
　を知っている。

▶ 想起了那位醫生並不親切。　　▶ その医者が親切じゃなかったのを思い出した。

▶ 把原先暗色的頭髮亮化了。　　▶ 髪の色が暗かったのを明るくした。

▶ 期待著跟好久不見的朋友的聚會。　　▶ 久しぶりに友達と集まるのを楽しみにしている。

個子矮小一事讓我感到自卑。　　背が低いことが僕のコンプレックスです。

沒做準備一事要快點通知（對方）才行。　　準備ができないことを、早く知らせなければならない。

▶ 過去不知道今井先生不是壞人。　　▶ 今井さんが悪い人じゃないことを知りませんでした。

▶ 想起了過去為了取得好成績而拼命努力。　　▶ 昔、いい成績を取るために一生懸命だったことを思い出しました。

▶ 很多人不知道日本房子其實不窄。　　▶ 日本の家が狭くないことを知らない人が多いです。

▶ 被母親斥責完全不幫忙準備煮飯。　　▶ 食事の支度を全然手伝わなかったことを母に叱られました。

看到河裡有魚。　　川に魚がいるのが見えました。

聽到隔壁的人在唱歌。　　隣の人が歌を歌っているのが聞こえた。

幫朋友搬家了。　　友達が引っ越しするのを手伝いました。

妨礙父親閱讀報紙。　　父が新聞を読むのを邪魔した。

停止買雜誌了。　　雑誌を買うのをやめました。

請轉達我明天不克前往。　　明日行けないことを伝えてください。

約好了一起看那部電影。　　一緒にその映画を見ることを約束した。

祈禱了病能痊癒。　　病気が治ることを祈りました。

期盼所有人都能活著回來。　　皆が生きて帰ってくることを望んでいる。

我的興趣是彈鋼琴。　　私の趣味はピアノを弾くことです。

忘了有說過。　　話すのを忘れた。

忘了講述內容。　　話すことを忘れた。

很少人知道這裡曾是港口。　　ここが昔、港だったということは、あまり知られていません。

藤木先生成為社長一事已定。　　藤木さんが社長になるということが決まった。

▶ 得不到別人理解我並沒打算那樣做的這件事。　　▶ そんなつもりじゃなかったということをわかってもらえなかった。

▶ 不再喜歡的這件事，最好是把話講出來。　　▶ もう好きじゃないということを話した方がいい。

▶ 我完全沒有跟任何人講痛得很厲害的這件事。

▶ 痛みがひどいということを誰にも言わなかった。

▶ 我聽說了河野先生開了食堂的這件事。

▶ 河野さんが食堂を始めたということを聞いた。

 挑戰長文

トーキングトイレットペーパーというのを聞いたことがありますか。知っている人もいるかもしれませんが、トイレットペーパーを掛ける棒に録音機能があって、誰かがトイレットペーパーを使おうとすると、音が出るという物です。トイレットペーパーが「今いただいた物に領収書は要りますか。」と話したら、誰でも驚かないはずがないでしょう。

52 連接所有詞類的句型 - 敬體說法

主書 P.402-413

 照著做就對了

52.MP3

社長已經回家去了。
伊藤先生使用了這間旅館。

社長はもうお帰りになりました。
伊藤様はこの旅館をご利用になった。

▶ 客人選擇了這個。
▶ 高橋先生開始了新的研究會。

▶ お客様はこれをお選びになりました。
▶ 高橋先生は新しい研究会をお始めになりました。

▶ 山本先生畢業於牛津大學。

▶ 山本先生はオックスフォード大学をご卒業になりました。

渡邊先生為那個禮物感到十分高興。
老師比約定時間早到了。

渡辺さんはそのプレゼントを大変喜ばれました。
先生は約束の時間より早く来られた。

▶ 那位人士的錢包掉了。
▶ 部長換了電話號碼。
▶ 小山先生策畫了這項企畫。

▶ その方はお財布を落とされた。
▶ 部長は電話番号を変えられた。
▶ 小山さんがこのプロジェクトを計画された。

總理下個月會大駕光臨釜山。
聽說這部電影連總統都看過。

総理は再来月プサンにいらっしゃいます。
この映画は大統領もご覧になったそうだ。

▶ 這件襯衫是課長前年給我的。

▶ このワイシャツは課長が一昨年くださいました。

▶ 片山先生吃了拉麵。　　▶ 片山さんはラーメンを召し上がりました。
▶ 老師說沒關係了。　　▶ 先生は大丈夫だとおっしゃいました。

請一定要在這裡留宿。　　是非こちらにお泊まりください。
請坐下。　　どうぞおかけください。

▶ 請慢慢享用食物。　　▶ お食事をゆっくりお楽しみください。
▶ 請出示票券。　　▶ 切符をお見せください。
▶ 電車來了，請注意。　　▶ 電車が来ますので、ご注意ください。

幫您拿行李。　　お荷物をお持ちします。
為吉村先生介紹慶州。　　吉村さんにキョンジュをご案内した。

▶ 把西川先生送到他家裡了。　　▶ 西川さんをお宅までお送りした。
▶ 讓老師看了月亮的照片。　　▶ 先生に月の写真をお見せした。
▶ 打電話聯絡客人了。　　▶ お客様に電話でご連絡した。

明天去拜訪。　　明日、伺います。
跟校長先生那樣稟告了。　　校長先生にそう申し上げた。

▶ 參觀部長的宅邸。　　▶ 部長のお宅を拝見しました。
▶ 昨天拜謁了小島老師。　　▶ 昨日、小島先生にお目に掛かりました。
▶ 這糖果是從增田先生那邊得到的。　　▶ このあめは増田さんにいただきました。

我要出門了。　　行って参ります。
我叫松村。　　松村と申します。

▶ 不知道那是不是事實。　　▶ それが本当かどうかは存じません。
▶ 那本書在這邊。　　▶ その本はこちらにございます。
▶ 明天的話，我在家。　　▶ 明日ならうちにおります。

我會叫您的號碼。　　番号をお呼び致します。
為您說明使用方法。　　利用方法をご説明致します。

▶ 告知比賽結果。　　▶ 試合の結果をお知らせ致します。
▶ 將東西送到貴府上。　　▶ 品物をお宅までお届け致します。
▶ 為您介紹武田先生。　　▶ 武田さんをご紹介致します。

藍色那面是正面。	青い方が表側でございます。
這一邊的房間十分安靜。	こちらのお部屋は大変静かでございます。

▶ 在下是負責人，敝姓北村。　　　▶ 担当者の北村でございます。

▶ 使用方法跟以前的東西一樣。　　▶ 使い方は前の物と同じでございます。

這邊的十分美味。	こちらは大変おいしゅうございます。
今天也冷。	今日もお寒うございます。

▶ 那種人非常少。　　　　　　　　▶ そのような方は大変少のうございます。

▶ 若您能那麼做的話，我會非常高　▶ そうしていただけると、大変嬉しゅうござ
　興。　　　　　　　　　　　　　　います。

▶ 這邊的十分便宜。　　　　　　　▶ こちらは大変安うございます。

▶ 這部電影相當有趣。　　　　　　▶ この映画は大変面白うございます。

 挑戰長文

お客様にお知らせ致します。町田からいらっしゃった矢野様、矢野様、服部様がお待ち
になっています。放送をお聞きになりましたら、1階のサービスカウンターまでおいで
ください。